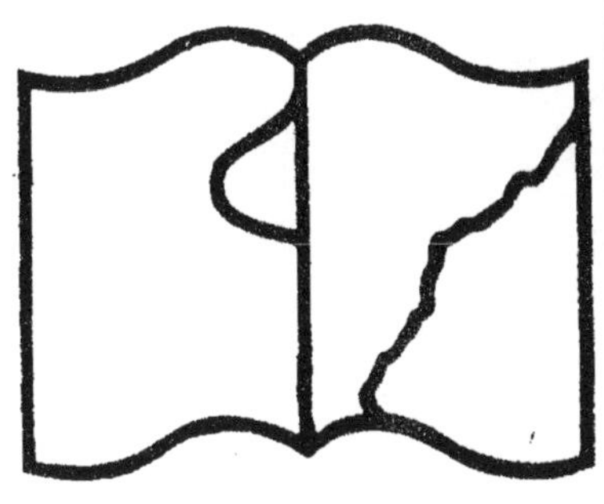

Texte détérioré — reliure défectueuse

NF Z 43-120-11

VALABLE POUR TOUT OU PARTIE DU DOCUMENT REPRODUIT

Début d'une série de documents en couleur

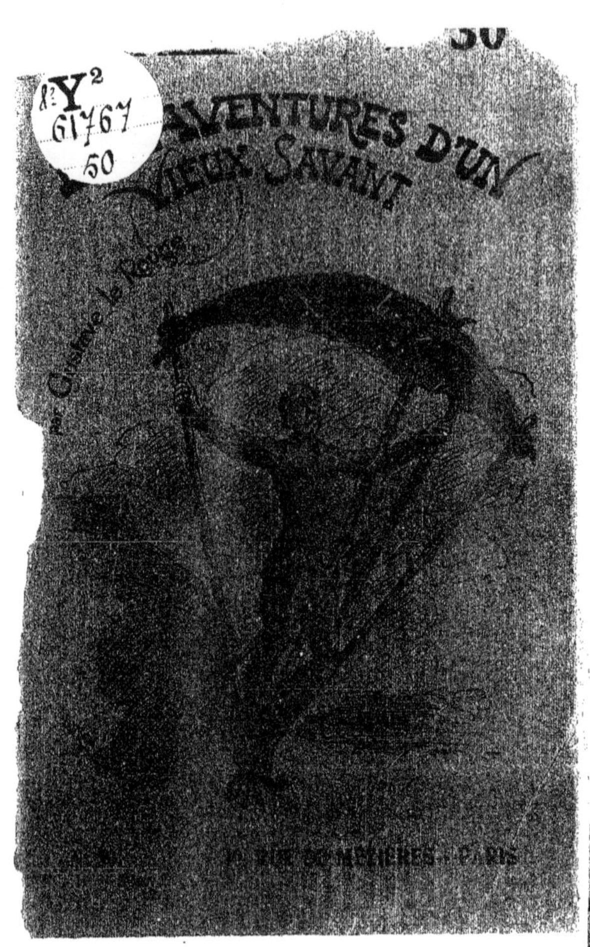
50
AVENTURES D'UN
VIEUX SAVANT
par Gustave Le Rouge
RUE DE MÉZIÈRES — PARIS

PARUS :

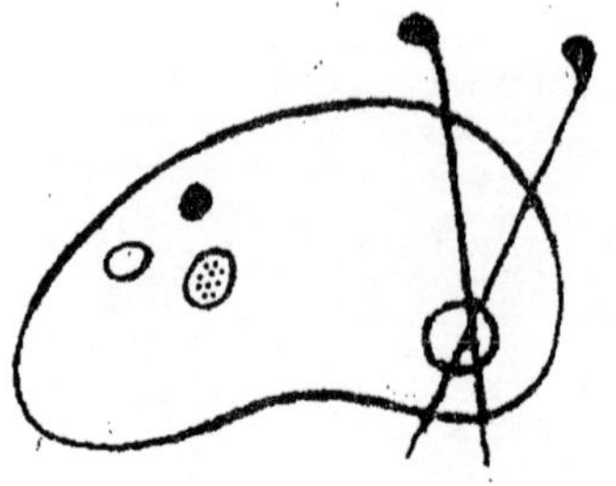

Fin d'une série de documents
en couleur

COLLECTION MIGNON-ROMAN

N° 50

Les Aventures d'un vieux Savant

PAR

GUSTAVE LE ROUGE

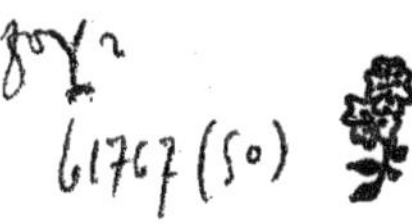

CITÉ DU BON LIVRE

E. BOTTERAU

10, RUE DE MÉZIÈRES, 10

PARIS

LES AVENTURES D'UN VIEUX SAVANT

PREMIÈRE PARTIE

CHAPITRE PREMIER

Ce soir-là, comme presque tous les soirs, le colonel sir John Printermont, commandant au nom de Sa Majesté Britannique les troupes en garnison à Bénarès, se promenait en compagnie de sa fille, miss Emmy, dans la large avenue bordée de palais qui longe le Gange, le fleuve sacré des Hindous, dont les eaux bleues viennent battre le pied des escaliers de marbre.

Tout entiers au ravissement de l'heure exquise, qui, dans ces climats, précède le coucher du soleil, le père et la fille se taisaient.

Devant eux, un éléphant richement caparaçonné de soie brodée d'argent, écartait lentement de sa trompe la paresseuse cohue des indigènes au teint de cuivre rouge, aux yeux étincelants et comme enfiévrés.

Bakaloo, tel était son nom, n'était pas un éléphant ordinaire.

Capturé tout jeune quelque vingt ans auparavant dans les forêts du nord de la presqu'île par le colonel, alors simple lieutenant, celui-ci avait eu le caprice d'entreprendre lui-même l'éducation du pachyderme.

Grâce aux conseils d'un vieux cornac, mort depuis, il avait complètement réussi dans sa tâche.

Bakaloo n'avait jamais été battu ni maltraité.

C'est seulement en faisant appel à son intelligence et à sa gourmandise que sir John était parvenu à l'apprivoiser.

Jamais l'éléphant n'avait été soumis à de rudes travaux, jamais il n'avait traîné de pièces de canon, ni chargé de navires.

Le colonel qui le traitait plutôt en ami qu'en serviteur en avait fait le compagnon de toutes ses expéditions contre les rebelles des montagnes et plusieurs fois lui avait dû la vie.

Soigné, choyé, adulé, Bakaloo était devenu un animal presque historique. Il avait eu l'honneur de porter sur son dos le prince de Galles, devenu depuis le roi Édouard VII, dans une chasse au tigre demeurée célèbre et où le prince avait abattu trois fauves de sa main.

Maintes fois les journaux avaient célébré l'intelligence de Bakaloo et le romancier Rudyard Kipling était venu l'étudier sur place avant d'écrire son fameux « Livre de la Jungle ».

Lorsque sir John s'était marié, Bakaloo avait été de toutes les fêtes ; il avait promené les jeunes époux à travers les forêts et les ruines poétiques de l'Inde.

Emmy, à peine âgée de quelques mois, avait perdu sa mère.

Comme s'il eût voulu, à sa façon, consoler l'orpheline, Bakaloo s'était pris pour la fillette d'une tendresse extraordinaire.

C'était lui qui, sous la véranda de bambou où grimpaient les lianes odorantes de la vanille et du jasmin, berçait l'enfant en remuant doucement sa trompe.

Pendant des heures, sans se lasser, il agitait les ailes du « panka » suspendu au plafond et destiné à rafraîchir le sommeil de l'enfant, tout en la contemplant de ses petits yeux bridés pleins de choses mystérieuses et confuses comme ceux de la déesse « Ganésa ».

En grandissant, Emmy s'était attachée à Bakaloo.

Emmy avait alors dix-huit ans et son cher
Bakaloo ne l'avait presque jamais quittée.

Elle le bourrait de friandises, le caressait, le
battait, le grondait, montant sans frayeur sur son
dos, employant sa trompe docile à des cueillettes de
fruits ou de fleurs au sommet des arbres, tandis que
le brave animal continuait à la couver du regard pater-
nel de ses petits yeux qui semblaient sourire.

Pendant un voyage qu'elle avait fait en Europe,
l'éléphant atteint du spleen avait failli mourir.

Le colonel avait d'ailleurs une telle confiance dans
son serviteur à grandes oreilles que lorsque Emmy
n'avait que dix ou douze ans, il la laissait fort bien
sortir seule dans les rues de la ville sous la conduite
de l'éléphant.

Certes Bakaloo n'aurait pu tenir l'emploi de cais-
sier dans une maison de banque, mais il y avait certaines monnaies dont il connaissait exactement la
valeur.

Passait-on devant un étalage de pastèques, d'ananas, de limons et de bananes, si la petite Emmy
désirait se rafraîchir, elle tendait dans sa menotte une
pièce de deux ou de six *pence* qu'il enlevait délicatement du bout de sa trompe et donnait au marchand,
en ayant soin de choisir le fruit le plus beau et le plus
mûr, celui qui était le plus au goût de la petite fille.

Bakaloo était d'ailleurs un véritable personnage,
vénéré des serviteurs hindous et même des domestiques anglais de sir John.

Tous s'étaient aperçus qu'il ne faisait pas bon se
moquer de lui.

*Je laisse à d'autres, a dit le savant zoologue indien,
Peno-Peï, le soin de compléter mon œuvre, on écrira
peut-être le dernier mot sur l'homme; sur l'éléphant,
c'est impossible.*

Un jour un Hindou, nommé Lyoni, que le colonel
avait pris à son service et dont la seule fonction
était de renouveler la litière de Bakaloo, de le
panser et de le pourvoir d'eau fraîche, de riz et de
verdure, s'était avisé de supprimer les deux tiers de
la ration de riz qu'il revendait chaque jour à un
marchand du voisinage.

Bakaloo, pendant longtemps, fit mine de ne s'apercevoir de rien, mais un jour que miss Emmy l'avait reconduit jusqu'à son écurie il mena la jeune fille jusqu'à un coin du hangar de bambou où Lyoni avait caché sous la paille le produit de ses vols des jours précédents.

—Eh bien ! s'écria Emmy, qu'est-ce que tu veux? Je vois là du riz et de la paille, mais je ne comprends pas.

Bakaloo eut un petit barrissement de colère.

— Allons, tu n'es pas content, qu'y a-t-il?

L'éléphant balança sa trompe en continuant de faire entendre une voix irritée, pendant qu'Emmy le caressait doucement pour le calmer.

— Explique-toi, lui dit-elle, je ne veux pas te voir aussi coléreux !

A ce moment, Lyoni apparaissait à une porte du hangar.

En voyant sa cachette découverte, il fit un mouvement pour fuir, mais, prompt comme l'éclair, Bakaloo l'avait ceinturé de sa trompe et l'avait jeté rudement sur le sol, la face plongée dans les grains blancs du riz volé.

Emmy avait compris.

—Comment, coquin ! dit-elle à l'Hindou dont le visage basané était devenu gris de peur, tu voles le riz de mon éléphant ! Estime-toi heureux qu'il ne t'ait pas broyé le crâne d'un coup de patte.

Lyoni, très conscient du danger qu'il courait (les histoires de cornacs assommés par leurs éléphants ne sont pas rares), s'était jeté en tremblant aux pieds de la jeune fille, tellement apeuré qu'il ne bégayait que des paroles entrecoupées, prenant à témoin de son innocence tous les dieux de la « trimourti » indienne, *Brahma*, le père des êtres, la sage *Vichno* et *Shiva* la destructive.

Élevée par des serviteurs indigènes, Emmy parlait couramment les principaux dialectes de l'Inde.

— Relève-toi, dit-elle à Lyoni, et suis-moi !

Bakaloo, comprenant sans doute qu'on allait lui rendre justice, avait repris son attitude paisible et caressait de sa trompe les beaux cheveux de sa jeune maîtresse.

Miss Emmy s'était élancée vers les jardins où, sous un massif de jasmins à grandes fleurs et de « flamboyants » aux rouges corolles, le colonel était occupé à lire tout en fumant son « houka » dans le voisinage rafraîchissant d'un jet d'eau qui, après s'être élancé jusqu'au sommet des bananiers et des bambous géants, allait retomber en pluie diamantée dans un large bassin de marbre où nageaient des dorades de la Chine et de difformes poissons japonais couleur d'or et d'azur.

Emmy, haletante de colère et de sa course rapide, tira son père par la manche et, en quelques mots, le mit au fait du larcin commis au préjudice du sagace Bakaloo.

Le colonel sir John Printermont était d'un tempérament flegmatique ; il riait rarement et ne se mettait jamais en colère.

— All right ! dit-il avec calme, en fermant son livre dont il marqua la page avec un coupe-papier de lapis-lazuli. Voilà, certes, un bel exemple d'observation animale ; j'en prends note, j'en ferai l'objet d'une communication spéciale à la Société royale de Londres.

— Mon père, il faut commencer par punir le coupable.

— Tu as raison.

Et d'un pas aussi assuré que s'il eût marché à la tête de son régiment de « highlanders », un jour de défilé, il se dirigea du côté des écuries, où il apercevait de loin le malchanceux Lyoni tenu en respect par l'éléphant.

A la vue de son maître, l'Hindou s'était prosterné et se confondait en protestation.

— Je te chasse, dit simplement le colonel.

— Maître...

— Sors de chez moi, à l'instant.

Les serviteurs du colonel étaient nombreux, bien payés et peu chargés de besogne ; Lyoni perdait une bonne place.

Il jeta sur Bakaloo un regard étincelant de haine.

— Tu mériterais, continua le colonel, que je te fasse appliquer quelques coups de bambou sur les épaules pour te corriger, mais je crois que ce serait peine perdue.

Lyoni ouvrit une grande porte qui donnait sur une rue peu fréquentée, bordée à droite et à gauche de hautes murailles, et il se disposait à partir sans demander son reste, lorsque Bakaloo s'avança comme pour lui barrer le passage.

— Voyez, père, s'écria miss Emmy demeurée jusque-là silencieuse, Bakaloo veut sans doute nous montrer quelque chose.

— Peut-être pense-t-il, répondit le colonel, en brave éléphant au courant des usages du pays, que Lyoni a mérité la bastonnade et attend-il le châtiment de son voleur. Tu sais qu'au dire des savants hindous, l'éléphant est le seul animal qui ait les sentiments qui se rapprochent de la justice.

— Non, mon père ce n'est pas cela, voyez, Bakaloo nous fait signe avec sa trompe pour nous inviter à le suivre.

— Suivons-le, nous verrons bien, je ne demande pas mieux, à la condition toutefois qu'il ne nous emmène pas trop loin.

Le colonel et sa fille se mirent donc à la suite de l'éléphant et marchèrent derrière Lyoni qui paraissais plus que mécontent d'être ainsi escorté.

A un moment donné, l'Hindou allongea le pas, Bakaloo marcha plus vite; il s'arrêta, Bakaloo fit de même; il essaya de tourner à gauche et de s'enfuir par une étroite venelle bordée de murs d'argile blanchis à la chaux et de haies de cactus épineux, mais l'éléphant lui barra le passage et le força de continuer sa route en droite ligne.

— Voilà qui est curieux, murmura le colonel, cela commence à devenir intéressant.

— Vous voyez, père, que j'avais raison, Bakaloo a certainement, comme on dit, une idée de derrière la tête.

Après dix minutes de marche ils débouchèrent dans une rue plus large où s'élevaient quantité de petites boutiques étroites et basses.

L'une d'elles était occupée par un vieillard à longue barbe grise coiffé d'un turban blanc.

Son visage basané était sillonné de milliers de
petites rides qui lui donnaient de prime abord un
aspect vénérable, malheureusement démenti par
de petits yeux sournois agités d'un clignement per-
pétuel.

Bakaloo fit halte devant la boutique où s'étalaient des sacs de millet, de maïs, de sésame et
d'autres grains du pays.

Lyoni, croyant le moment propice, se mit à courir
de toutes ses forces. Mais il n'avait pas eu le temps
de faire vingt pas que Bakaloo, le cueillant pour
ainsi dire du bout de sa trompe, le déposait dans
l'intérieur de l'échoppe à côté du vieux marchand
que l'arrivée du colonel semblait avoir plongé dans
un trouble profond.

— Qu'est-ce que tout cela signifie? demanda sir
John avec autorité.

Lyoni et le marchand échangèrent un regard fur-
tif et ne répondirent pas.

— Eh! mon père, ce n'est pas difficile à comprendre, dit Emmy, très amusée. C'est évidemment
à ce vénérable négociant que notre filou vend, sans
doute, depuis longtemps, le riz qu'il dérobe au
pauvre Bakaloo.

— Bigre! Je n'y avais pas pensé, tu as plus de sagacité que l'éléphant lui-même!

— Je l'espère bien, répondit miss Emmy en riant
aux éclats.

Comme s'il eût voulu donner raison à sa jeune
maîtresse, Bakaloo avait plongé sa trompe dans un
sac de riz dont il faisait rapidement disparaître le
contenu, avec de petits grondements de satisfaction.

On eût dit un propriétaire rentrant tout à coup
dans son bien après une inique spoliation.

Le sac de riz se désenflait à vue d'œil. Le marchand levait les bras au ciel avec désespoir, mais
sans oser tenter une justification difficile.

Lyoni, plus mort que vif, baissait les yeux, épouvanté de voir que Bakaloo, après avoir vidé un premier sac de riz, en entamait un second, avec le paisible appétit de quelqu'un qui a payé d'avance.

— Milord... balbutia enfin le marchand.

— Qu'as-tu à objecter? Pourquoi achetais-tu le riz volé à mon éléphant?

— J'ignorais...

— Je n'en crois rien, je te reconnais parfaitement, tu m'avais été recommandé par Lyoni et tu m'as fourni quelque temps du grain et des fourrages.

— Milord...

— Silence, ma conviction est faite, tu es coupable et tu mérites d'être puni.

Miss Emmy, que cette scène divertissait au plus haut point, intervint alors.

— Père, dit-elle, que la punition ne soit pas trop sévère.

— Rassure-toi, je consens, pour cette fois, à ne pas porter plainte, mais c'est à la condition que Bakaloo mange tout ce qui sera à sa convenance dans cette boutique.

Lyoni et son complice, très rassurés par cette déclaration, se confondirent en remerciements et en révérences.

Pendant ce temps, l'éléphant avait entamé son troisième sac, qu'il vida jusqu'au dernier grain.

Puis, sans doute rassasié et satisfait de s'être fait rendre justice, il ne fit aucune difficulté pour reprendre le chemin du palais en compagnie de ses maîtres.

Quelques jours après, ainsi qu'il se l'était promis, le colonel envoyait à Londres un savant mémoire sur ce trait extraordinaire d'instinct animal et l'anecdote faisait le tour de toute la presse européenne.

CHAPITRE II

Six mois s'étaient écoulés depuis cet événement.

Bakaloo à qui un nouveau serviteur apportait chaque jour scrupuleusement sa ration de riz et de verdures fraîches, avait repris la sérénité majestueuse habituelle à ses congénères.

Au cours de la promenade entreprise par sir John et miss Emmy, il précédait ses maîtres du pas mesuré et calme d'un fonctionnaire, détenteur d'une

bonne sinécure et qui se permet, par hygiène, une
petite flânerie après ses heures de bureau.

Emmy et son père contemplaient avec plaisir le
merveilleux spectacle de l'horizon et de la ville
qu'ils connaissaient pourtant depuis de longues
années.

L'air était tiède, comme sucré d'une odeur de miel
à laquelle se mêlait un entêtant parfum de rose et
de musc.

Il n'y avait pas un souffle de vent et les silhouettes
des palmiers, des figuiers banians et des cèdres se
dessinaient immobiles au-dessus de la masse rose et
blanche des maisons, comme si elles eussent été
peintes sur le bleu tendre et profond du ciel où de
petits nuages se balançaient légèrement, tels des
guirlandes de lilas et de jonquille à la surface d'un
lac.

Plus bas, c'était la ville. Bénarès, la ville unique
avec ses temples de granit et de marbre, ses palais
d'or pourpré, ses minarets et ses dômes; tout l'har-
monieux fouillis aussi touffu et aussi fleuri qu'une
clairière de forêt vierge.

Tout le long du fleuve dont les eaux transparentes
réfléchissaient leurs façades sculptées se succédaient
des temples avec l'éblouissante complication de leurs
vérandas, de leurs balcons et de leurs miradores.

Par des éclaircies, de nouvelles perspectives
d'édifices s'entrevoyaient, radieux comme des
visions, étincelants comme un rêve des *Mille et une
Nuits*.

L'eau du fleuve longeait des terrasses de temples,
se caressait à des marches chargées d'une multitude
de pèlerins en haillons venus des royaumes les plus
lointains et occupés à prier ou à se purifier dans l'eau
du fleuve sacré.

Les Hindous tiennent beaucoup à venir mourir
dans leur ville sainte.

Çà et là on voyait fumer des bûchers d'incinéra-
tion, des cadavres chargés de vautours passaient
au fil de l'eau et sur toute la ville, endormie à
l'ombre de ses jardins, planait une rumeur assourdie
où les appels des cloches et des gongs se mêlaient au

bruit lointain des cymbales, à la musique monotone des cantiques.

Sur l'avenue, la foule s'épaississait autour du colonel et de sa fille.

C'était toute une population bigarrée et silencieuse, aux gestes lents, au milieu de laquelle se détachaient nettement la haute taille et les habits rouges des soldats anglais, très raides sous leurs casques blancs.

On eût dit qu'il se trouvait là un échantillon de toutes les races de l'Inde, depuis le Mahratte jusqu'au Parsi adorateur du feu.

Il y avait aussi des Chinois en robes de soie bleue; des Japonais étriqués dans des vêtements à l'européenne; des Arméniens aux longues lévites noires, des Persans coiffés d'astrakan, enfin des Siamois et des Annamites au chapeau pointu de rotin tressé.

A côté de ces spécimens, facilement reconnaissables, d'une race déterminée, il y en avait une infinité d'autres tout à fait impossibles à classer, tant leurs habits étaient troués, haillonneux et disparates.

Un vieillard à longue barbe, dont les pieds étaient gonflés par l'éléphantiasis, et qui s'appuyait sur deux bâtons, serrait autour de ses reins les débris d'un jupon à grandes fleurs, un autre portait un turban et des pantalons écossais à larges carreaux.

Plus loin, le costume d'un riche Hindou drapé de cachemire et de soie, au turban orné de pierreries, étincelait de mille feux.

Puis, c'étaient des enfants nus à la peau couleur de bronze, se roulant dans la poussière, des bayadères au nez traversé d'un anneau d'or, des parias humbles et honteux, des vaches sacrées devant lesquelles la foule s'écartait avec respect.

Partout, des milliers de marchands en plein vent offraient de petites idoles d'ivoire peint, des coffrets de bambou et de santal, des vases de cuivre rouge, des bâtons de parfum, des pyramides de fruits à l'odeur embaumée et jusqu'à des couteaux de Sheffield, des rasoirs et du savon anglais.

C'était un chatoiement étincelant, un éblouisse-
ment de couleurs vives, longuement caressées par
le soleil, tellement baignées de ses rayons qu'elles
avaient retenu un peu de sa splendeur; toute la
magie, enfin, de l'Extrême-Orient, éclatant et pittoresque, jusque dans les loques de ses mendiants.

Le colonel et sa fille admiraient silencieusement
ce magique spectacle, lorsque miss Emmy demanda
tout à coup à son père :

— Vous n'avez jamais eu de nouvelles de Lyoni,
notre voleur de riz?

Le colonel, évidemment ennuyé de cette question,
fronça les sourcils.

— Lyoni? fit-il avec un sourire de mauvaise
grâce, mais ne sais-tu pas qu'il est au service de
notre cousin, le capitaine Chapman, il paraît même
qu'il est devenu son homme de confiance.

— Voilà qui m'étonne !

— Eh bien ! moi, cela ne m'étonne pas. Je sais
que le fils du capitaine, le lieutenant Harry, te fait
la cour — à cause de ta fortune, sans doute — mais
les Chapman sont d'une branche de notre famille pour
laquelle je n'ai jamais eu qu'une médiocre sympathie.

— Oh ! dit Emmy en riant, je ne me suis jamais
sentie attirée vers mon cousin Harry par une bien
vive inclination !

— Je l'espère bien !

— Peut-on vous demander, mon père, les raisons
de cette secrète antipathie?

— Tu les connaîtras plus tard.

Emmy n'insista pas. Le père et la fille demeu-
rèrent silencieux, tout entiers à leurs pensées.

Tout à coup, l'éléphant Bakaloo s'arrêta net,
le chemin lui était barré par un énorme rassemblement qui occupait toute la largeur de la rue et
d'où partaient des cris tumultueux.

Légère comme un oiseau et curieuse comme une
enfant, Emmy avait sauté sur une borne de marbre
et, appuyée à l'épaule de son père, considérait la
foule du haut de cet observatoire improvisé.

Bakaloo s'était rangé de côté, prêt à défendre ses
maîtres, si cela devenait nécessaire.

— Que se passe-t-il donc? demanda sir John.

— Père, je ne sais trop au juste, mais au milieu de la cohue j'aperçois un vieux gentleman à longue barbe grise qui pousse les hauts cris et qui gesticule. Les indigènes le pressent et le bousculent, beaucoup se moquent de lui, d'autres l'injurient et le menacent.

— Il faut aller à son secours ! s'écria vivement sir John. qui de bonne heure avait habitué sa fille à ne pas craindre les Hindous et à se faire respecter d'eux.

— En avant donc ! dit gaiement miss Emmy. Allons, Bakaloo, ajouta-t-elle en caressant l'animal, fais-nous faire place dans la bagarre.

L'éléphant comprit très bien ce que l'on demandait de lui. Il poussa quelques barrissements de menace et s'engagea résolument dans la foule, qui s'empressa de faire place nette à son approche.

Puis, on avait reconnu sir John et son nom circulait de bouche en bouche; le colonel était aimé et respecté de tous à Bénarès; sa présence accéléra la débandade.

En quelques minutes, le rassemblement se trouva dissipé.

Emmy et son père purent se rapprocher de la victime de cette manifestation, tout ébahie de se voir si rapidement délivrée.

Lorsque sir John arriva près du vieillard qui venait d'être si vertement houspillé, celui-ci commençait à raconter ses malheurs à un sergent de la garde écossaise d'une taille gigantesque, qui, au dernier moment, avait, lui aussi, fendu la presse pour venir à son secours.

Tous deux faisaient force gestes, comme des gens qui ne parlaient pas la même langue.

— Ils n'ont pas l'air de très bien s'entendre, murmura miss Emmy.

— Ah ! mais, répliqua sir John, cela n'a rien de surprenant, je connais le sergent Mac Dunlop, qui appartient à mon régiment. C'est un brave soldat, mais il ne sait que l'anglais et le patois des Highlands, son pays natal.

— Tandis que ce vieux gentleman m'a tout l'air d'un Français... Ah ! le pauvre homme, on lui a cassé le verre de ses lunettes, son casque est aplati et son veston de flanelle souillé de poussière !

— Pourtant, il n'a lâché aucun des paquets dont il est chargé — et ce qu'il en a ! — un parasol, une gourde, un sac de voyage, des statuettes dorées et jusqu'à des rouleaux de papier et des livres !

A ce moment le sergent Mac Dunlop aperçut son colonel et salua militairement, l'étranger se retourna vers les nouveaux venus et commença avec un déplorable accent :

— Milord ! Miss... Do you... do you...

Il n'arrivait pas à trouver sa phrase.

Sir John s'avança et, dans un français très correct :

— Pardon, Monsieur, dit-il, je vois que vous éprouvez quelque difficulté à vous exprimer en notre langue, mais, moi et ma fille, nous avons la chance de connaître la vôtre...

Et il ajouta avec un salut flegmatique :

— Je suis le colonel John Printermont.

— Colonel, répliqua l'inconnu en poussant un soupir de satisfaction, je suis enchanté, véritablement enchanté de faire votre connaissance. Vous avez devant vous — en fort piteux état d'ailleurs — Anatole Montbrichard, membre de l'Institut, de la Société nationale de Géographie, de la Société asiatique...

— Je vous connais de réputation, et vous me voyez ravi d'entrer en relation, ainsi que ma fille, avec un savant aussi illustre.

Pendant ce dialogue complimenteur, le célèbre Montbrichard avait posé à terre ses nombreux paquets, rajusté ses lunettes et retapé son casque tant bien que mal.

Il salua gracieusement miss Emmy.

— Mademoiselle, recevez les hommages d'un pauvre savant qui vous doit certainement la vie.

— Ce n'est pas moi qu'il faut remercier, répliqua malicieusement la jeune fille, c'est mon éléphant ; c'est lui qui a mis en fuite vos persécuteurs et nous a permis d'arriver jusqu'à vous.

— L'éléphant sera récompensé, dit M. Montbrichard d'une voix magnanime, je lui constitue à partir d'aujourd'hui une rente viagère de petits pains au beurre et de morceaux de sucre.

— Voilà qui vous coûtera cher, fit le colonel toujours pratique, au taux où sont actuellement les rentes viagères. Vous n'ignorez pas que les éléphants vivent quelquefois plus de trois cents ans et notre Bakaloo est tout jeune.

Commencée de cette façon, la conversation était promptement devenue très animée et très cordiale, lorsque, tout à coup, M. Montbrichard porta la main à sa poche et poussa un cri sourd.

— Vous vous trouvez mal? demanda le colonel un peu surpris.

— Pas du tout !

— Auriez-vous été piqué par quelque insecte?

— Il s'agit bien de cela !

— Alors, je ne comprends pas.

Le vieux savant s'arrachait les cheveux sans même entendre les paroles de consolation et les questions qu'on lui prodiguait.

— Vlan ! Ça y est ! soupirait-il, ces choses-là n'arrivent qu'à moi ! Mon portefeuille, mon carnet de chèques, mes lettres de recommandation, mon argent, ma montre, mes notes ! Pourquoi as-tu quitté ton appartement de la place Saint-Sulpice où tu étais si tranquille?

— Je vois que l'on vous a volé, dit doucement miss Emmy.

— Mais oui, Mademoiselle, volé comme dans un bois ! L'argent, cela m'est encore égal, mais ce sont mes lettres de recommandation, mes notes, mes papiers !... Ah !... Mademoiselle, quel malheur!

— Cher Monsieur, permettez-moi de vous le dire, vous avez été imprudent. Pourquoi ne pas vous faire accompagner d'un guide?...

— Mais j'en avais un, Mademoiselle. Je ne sais où il est passé, par exemple...; un excellent guide, qui m'avait été recommandé par un officier anglais, un guide modèle, serviable, intelligent et connaissant la ville sur le bout du doigt. Je pense d'ailleurs

qu'il va me rejoindre d'un instant à l'autre, il a dû
être séparé de moi par la foule.

— N'y comptez pas trop, interrompit le colonel;
mais, j'y pense, avez-vous retenu le nom de ce serviteur exemplaire?

— Comment, colonel, j'ai une mémoire excellente! Il se nomme Lyoni; oui, c'est bien cela,
Lyoni!

— Lyoni! s'écria le sergent Mac Dunlop, mais
c'est le nom d'un des domestiques du capitaine
Chapman!

— Précisément, c'est le capitaine lui-même qui
me l'a recommandé.

— Alors je m'explique tout, répliqua le colonel
d'un ton grave. Ce Lyoni est un maître filou. Mais
rassurez-vous, Monsieur Montbrichard, je vais employer toute mon autorité à faire rendre gorge au
voleur. Quant au capitaine Chapman...|

Le colonel n'acheva pas.

Malgré les promesses qu'il venait de faire à
M. Montbrichard, il était, au fond, humilié et furieux.
Il savait fort bien qu'il ne serait guère facile de
retrouver Lyoni. L'Indien était déjà sans doute en
sûreté avec son butin dans les catacombes de
quelque temple ou dans quelque bouge de la ville
noire.

Pendant ce temps, miss Emmy, qui venait d'avoir
une inspiration, caressait doucement Bakaloo en
lui répétant avec insistance :

— Lyoni! Lyoni! va chercher Lyoni! apporte-le-
moi!

L'éléphant eut vite compris. La trompe en l'air,
les oreilles dressées, il se jeta dans la foule d'un pas
si rapide que le sergent Mac Dunlop, qui s'était mis
à sa suite et qui, en sa quantité de montagnard,
était excellent marcheur, avait grand'peine à le
suivre.

— Qu'est-ce que cela signifie? demanda sir John.

— Une idée à moi, répondit la jeune fille. J'en-
voie simplement Bakaloo à la recherche de Lyoni
qui est pour lui une vieille connaissance.

— Drôle de pays, fit M. Montbrichard, en s'épon-

geant le front. Alors, il est de la police, votre éléphant?

— Mais oui, dit le colonel. Et je suis surpris que
les États européens ne confient pas à quelques éléphants de confiance le soin des services d'ordre, les
jours de grand enterrement, de première sensationnelle à l'Opéra et de réunions électorales.

Sur le conseil de sir John, tout le monde s'assit à
la terrasse d'une taverne.

Le patron tint à servir lui-même une rafraîchis-
sante boisson.

La tisane de champagne, la glace pilée, les fraises
et le suc d'ananas en formaient les principaux éléments.

M. Montbrichard, déclara qu'il n'avait jamais rien
bu de meilleur.

Un peu remis de ses émotions, l'honnête savant
sirotait en amateur l'exquise boisson et se laissait
aller au charme de ce beau soir des tropiques étincelant de jeunes étoiles et où les lignes du paysage
semblaient de nacre et d'argent, sur un fond de
velours infiniment lourd.

Il comprenait maintenant la paresse orientale
et pourquoi, dans ces pays où l'air est parfumé
et comme substantiel, le seul fait de la simple existence donne assez de bonheur aux habitants.

Les rumeurs de la ville s'étaient apaisées. Paresseusement, on discourait de Paris et de Londres,
des théâtres et des idées du monde moderne qui,
dans ce décor magique apparaissaient à tous comme
immensément lointain et presque inexistant.

— Vous savez, dit miss Emmy, que dans les
Indes, nous sommes essentiellement noctambules.
Nous en sommes quittes pour dormir pendant la
journée.

— Voilà qui va changer vos habitudes, ajouta
le colonel Printermont. Tout à l'heure, vous regret-
tiez amèrement votre logis du quai des Saints-Pères.

— Eh bien ! maintenant, je ne le regrette plus,
même plus du tout.

M. Montbrichard s'arrêta brusquement. Il venait
d'entendre un bruit sourd et profond et il eut tout de

suite la pensée d'un de ces tremblements de terre
dont il avait lu la description dans Élisée Reclus
et Charles Lyell.

Miss Emmy le rassura.

— Soyez tranquille. C'est simplement Bakaloo
qui arrive au pas gymnastique.

— Oh ! yes, approuva flegmatiquement le colonel. C'est notre policeman qui vient au rapport.

Mais déjà la masse énorme de l'éléphant avait
fait halte devant le bar et Bakaloo déposait, avec un
barrissement triomphal, aux pieds de sa jeune maîtresse, l'Hindou Lyoni, qu'il avait cueilli dans la
foule avec sa trompe et qu'il apportait avec autant de précautions que si on lui eût confié un œuf
de Pâques.

Sir John Printermont ne se donna pas la peine
d'interroger le filou; sur un signe qu'il fit, deux
agents de la police indigène fouillèrent Lyoni avec
dextérité, déposèrent en face de M. Montbrichard
les papiers et le portefeuille et mirent leur captif
en lieu sûr sans écouter ses protestations.

On pense avec quelle joie M. Montbrichard rentra en possession de ses notes et de ses manuscrits.
C'est alors qu'en considérant ses poches avec attention, il s'aperçut que l'étoffe de son pantalon et de
son veston était déchiquetée comme à coups de
ciseaux.

Le colonel lui expliqua du ton indifférent dont
il ne se départait jamais que les pickpockets hindous, plus habiles que leurs confrères d'Europe,
portaient dans le creux de la main une lame courte
et fine, aussi coupante qu'un rasoir. D'un geste
aussi rapide que celui des prestidigitateurs de pro-
fession, ils coupent l'étoffe et s'emparent du contenu de la poche sans que la victime se soit aperçue
de rien [1].

M. Anatole Montbrichard admira beaucoup ce
procédé. Il le nota sur ses tablettes et déclara naï-

---

1. Ce procédé importé des Grandes-Indes a été mis en
usage, depuis quelques années, par les pickpockets anglais et
français, mais il est encore peu usité.

vement que lorsqu'il lui prendrait l'envie de se
faire voleur, ce serait un truc qu'il emploierait de
préférence.

On ne sait jusqu'à quelle heure la conversation
se serait prolongée, si le colonel ne s'était levé en
se coiffant de son salako et n'avait déclaré que le
repas devait être servi depuis longtemps dans la
véranda du Bungalow.

CHAPITRE III

Comme tous les gens casaniers et qui ont surtout
voyagé dans les livres, M. Anatole Montbrichard
était assoiffé d'aventures. Arrivé dans les Indes,
sans autre accident qu'un fort mal de mer dans
le golfe d'Aden, il était enchanté d'avoir été volé,
houspillé par la foule, puis sauvé par un éléphant
et finalement invité à dîner chez un officier supé-
rieur de Sa Gracieuse Majesté.

— Cela ne commence pas trop mal, songeait-il;
cela se corse... Je vois d'ici la mine de certaines
dames de ma connaissance, lorsque j'attaquerai ce
sujet sensationnel dans une conférence à la Société
de Géographie. Mais, il faudra soigner le style...
En attendant, tenons-nous bien devant ces Anglais.

Malgré cette excellente résolution, M. Montbrichard fut un peu interloqué par le luxe princier
qui régnait dans l'habitation du colonel Printermont.

Le palais, autrefois construit pour un radjah,
offrait partout de hautes voûtes vermiculées d'arabesques, des vestibules grandioses, des portiques
et des colonnades de granit bleu, de marbre rose et
vert.

Les piliers minces ou trapus se fleurissaient à leur
sommet de chapiteaux compliqués. Partout murmu-
raient des jets d'eau entourés d'arbustes dans des
vases de bronze copiés à Paris ou à Florence.

M. Montbrichard avait envie de se décoiffer respectueusement et il s'attendait presque à voir pa-

raître des Hindous féroces, vêtus de blanc, ornés
de turbans à grandes aigrettes et brandissant de
larges cimeterres.

Ils parurent, en effet : ils étaient vêtus de blanc,
mais ils n'avaient point de cimeterres. Ils débarras-
sèrent les convives de tout ce qui les gênait et les
conduisirent à la table du festin dressée en plein air
sous la varangue.

Partout de petites lampes électriques installées
dans le feuillage des cédratiers, des magnolias et
des jasmins, répandaient une douce lueur sur les
jardins. On eût dit une fête de vers luisants.

Montbrichard était émerveillé. Au-dessus des
arbres que la lune énorme et blanche inondait de
clarté, le ciel était d'une pureté cristalline. Une
brise embaumée remuait doucement les bran-
chages, et les accents de plusieurs rossignols qui se
faisaient entendre dans le lointain formaient un
concert mélodieux.

La table, servie à la mode anglaise, était couverte de cristaux et d'argenterie. Dans des *chom-
boux* de cuivre pleins de glace, les vins rafraî-
chissaient. Des serviteurs silencieux et bien stylés
apportèrent tour à tour des plats hindoux et des
ragoûts à la mode européenne. Un vaste morceau de
ce *roostbeef* saignant cher aux Anglos-Saxons parut
accompagné des brèdes vertes et rouges et de pi-
pangayes; puis ce fut un plat de riz au kary, le mets
national de l'Inde.

M. Montbrichard, avide de s'instruire, en absorba
avidement une cuillerée. Mais son palais n'était
pas entraîné à supporter les redoutables condi-
ments de la cuisine hindoue. Il crut avoir avalé un
fer rouge et il essaya vainement de faire disparaître la sensation de brûlure désagréable en ab-
sorbant plusieurs verres d'eau glacée.

— Pour vous punir, je vous condamne à me
donner la recette de ce diabolique ingrédient qui,
je le crois, serait peut-être bon, mais à la condition
de n'en mettre que gros comme une tête d'épingle
pour tout un plat.

— Le kary se compose d'une sauce au safran,

auquel on ajoute du piment, de la cardamome, du poivre, du sel, du romarin, du lait de coco, de la graine de moutarde, de la coriandre et du cumin. On sert ce plat bien chaud avec du riz cuit à l'eau.

Le vieux savant se dédommagea avec une salade de blingelles et de giranmons, des tranches de pastèques, des ananas et des mangues.

Pendant tout le repas, la conversation languit. Miss Emmy en fit presque tous les frais avec M. Montbrichard. Quant au colonel, bien qu'il fût d'une affabilité parfaite, miss Emmy crut s'apercevoir qu'il était très préoccupé par l'arrestation de Lyoni.

La jeune fille se rappela qu'à plusieurs reprises le propre cousin du colonel, le capitaine Chapman, au service duquel se trouvait l'Hindou, avait été l'objet de graves mesures disciplinaires. Des histoires d'exactions et d'extorsion de fonds commises au détriment de riches négociants couraient sur son compte. On parlait même d'un riche Parsi, marchand de diamants, mystérieusement disparu après avoir passé la soirée en compagnie du capitaine.

Miss Emmy était au courant de ces racontars colportés dans tous les salons de la colonie anglaise. Et, bien qu'elle ne les prît pas complètement au sérieux, elle savait que le capitaine était loin d'être, comme sir John, un de ces nobles caractères qui demeurent au-dessus de tout soupçon.

Après le repas, une fois qu'on eut dégusté d'excellent moka dans des tasses ornées de filigranes d'or, le colonel invita son hôte à venir fumer un cigare dans une allée d'orangers qui s'étendait jusqu'au bord du fleuve et que décoraient de place en place de gigantesques statues de granit tirées des ruines des temples. Mais M. Montbrichard ne fumait pas.

— Je vous avoue, d'ailleurs, ajouta-t-il, que je ne suis que médiocrement désireux de me promener à cette heure dans vos jardins qui, tout magnifiques qu'ils soient, doivent renfermer quelques serpents. On m'a fait de tels récits sur les trigonocéphales, les cobras, les vipères noires que je ne suis guère rassuré.

— Vous avez absolument tort : je vous donne ma parole qu'il n'y a pas un seul serpent dans toute ma propriété.

— Voilà qui est bien surprenant, dit M. Montbrichard, mal convaincu.

— C'est comme cela.

— De grâce, indiquez-moi votre recette.

— Elle est bien connue dans les Indes. J'ai tout simplement ici des mangoustes et vous n'ignorez pas que ce petit animal, proche parent de l'ichneumon qu'adoraient les anciens Égyptiens, ne se nourrit que de reptiles. Car il a reçu de la nature la singulière propriété d'être rebelle au poison des serpents. Aussi, croyez-moi, il peut se faire que quelques trigonocéphales ou autres vermines de même sorte pénètrent ici, mais ils n'y font pas long séjour.

— J'avoue que j'ignorais cette particularité.

M. Montbrichard, complètement tranquillisé, ne se fit nullement prier pour accompagner son hôte dans l'avenue des orangers où les silhouettes noires des divinités à têtes d'animaux de la théogonie hindoue dressaient leurs torses grimaçants et compliqués au-dessus des arbres chargés de fleurs et de fruits. D'énormes chauves-souris aux ailes de velours tournaient lentement dans la nuit bleue.

M. Montbrichard comprit pour la première fois tout l'enchantement d'une belle nuit sous les tropiques. Il en exprimait son admiration au colonel lorsque le bruit d'un gong retentit du côté du palais.

— Voilà qui m'annonce l'arrivée d'un visiteur. Nous allons rentrer, mais tout doucement. Emmy est rentrée au salon, elle lui fera prendre patience.

— Pardon, fit M. Montbrichard, mais je crois qu'il est temps que je regagne mon hôtel.

— Vous plaisantez. Je vous ai déjà dit qu'ici nous vivons surtout pendant la nuit. Le jour, il fait trop chaud pour qu'on puisse se livrer à d'autres occupations que le sommeil. D'ailleurs, je n'entends pas que vous me quittiez aujourd'hui, je vous ai fait préparer une chambre où j'espère que vous ne regretterez pas votre hôtel.

Mais un second, puis un troisième coup de gong
retentirent. Les deux promeneurs se hâtèrent.
Sur trois côtés le salon n'avait pour murs que des
tatys de vétiver humectés d'eau fraîche. Un gigantesque bloc de glace, dans une vasque de marbre
rose et un vaste panka, ou éventail mécanique
attaché au plafond et dont un petit Hindou tirait la
corde à intervalles réguliers, achevaient de faire
régner dans la pièce une fraîcheur délicieuse.
L'ameublement ne se composait que de chaises de
rotin, de rocking-chair et de fauteuils de porcelaine à la mode chinoise. A un bout de la salle se
dressait un grand orgue couvert de partitions; et
à l'autre bout un dressoir chargé de rafraîchissements de toutes sortes, depuis le stout, et le pale
ale et le jingerbeer, jusqu'au raki et au *moulegou-
tanaï*, ou eau de poivre, dont les riches indigènes
font une si grande consommation.

M. Anatole Montbrichard fut successivement
présenté au lieutenant Georges Dalcester, élégant
officier aux fines moustaches blondes, aux yeux
bleus énergiques, et au sous-lieutenant Harry
Chapman, aussi courtois en apparence que son
compagnon, mais dont le front bas et le regard faux
produisaient à la longue une impression fâcheuse.
Le sous-lieutenant Harry reconnut M. Montbrichard et, après les premières salutations, s'empressa
de lui faire ses excuses au sujet de la conduite de
Lyoni.

— Croyez, lui dit-il, dans un français assez correct, que mon père est très ennuyé de la trahison du
guide qu'il vous avait recommandé.

— Heureusement, interrompit le colonel, d'un
ton sec, que le mal a été en grande partie réparé.
L'honorable M. Montbrichard est rentré en possession de son bien.

— Grâce à Bakaloo, reprit miss Emmy.

— Je sais, répliqua Harry Chapman, avec un
certain mécontentement.

Et il se préparait à s'asseoir à côté de miss Emmy
lorsque sir John, l'attirant dans une embrasure,
lui dit rapidement :

— Je suis très mécontent de votre père, le capitaine Chapmann, vous le prierez de passer demain, sans faute, à mon bureau. Je tiens à lui demander des éclaircissements sur les agissements de son serviteur Lyoni.

Le sous-lieutenant s'inclina sans répondre et tâcha d'effacer, par son amabilité envers la jeune fille, l'impression du colonel.

Toute la colonie européenne de Bénarès savait qu'Harry Chapman et Georges Dalcester faisaient tous deux une cour assidue à miss Printermont. Mais tous savaient aussi que sans s'être prononcée encore entre les prétendants, et tout en les traitant sur le pied d'une parfaite égalité, la jeune fille préférait certainement le lieutenant Georges dont la franchise, la bravoure et la bonne mine étaient légendaires.

Hypocrite et sournois, le sous-lieutenant avait voué à son rival une haine mortelle. Mais il le traitait, en public, avec la plus vive sympathie; aussi la soirée s'écoula-t-elle fort gaiement. Tout le monde apprécia la spirituelle bonhomie du vieux Français.

Il allait être minuit lorsque le gong du vestibule retentit de nouveau et le capitaine Chapman, le père de Harry, fit son entrée. Tout d'abord il se confondit en excuses près de M. Montbrichard : il était au désespoir, dit-il. Jamais il ne se pardonnerait d'avoir si malheureusement été la cause involontaire de la désagréable histoire arrivée à un personnage aussi célèbre.

Mais son regard en coulisse et son sourire faux démentaient ces belles paroles, dont M. Montbrichard fit mine de se contenter.

— Capitaine, dit sir John, je ne comptais vous voir que demain, mais je suis heureux du hasard qui vous a conduit ici, ce soir. J'ai à vous parler très sérieusement.

— Je devine pourquoi, reprit le capitaine d'un air embarrassé. Mais c'est aussi une raison sérieuse qui m'amène. Je viens pour affaire de service. Je viens de passer à l'Hôtel du gouvernement. Un cour-

rier spécial de Son Altesse le vice-roi venait d'y arriver. Il m'a remis ce pli confidentiel dont je lui ai
délivré un reçu et que je m'empresse de vous apporter.

Il tendait au colonel une enveloppe de toile, scel-
lée d'un large cachet. Sir John prit sur une table un
petit poignard malais et décacheta la missive.

Il la parcourut au milieu d'un profond silence;
puis, la serrant dans son portefeuille, sans qu'un
muscle de son visage eût tressailli :

— Gentlemen, dit-il gravement, Son Excellence
le vice-roi me donne l'ordre de partir dans le plus
bref délai, avec la moitié de mon régiment, pour
poursuivre et anéantir le radjah Khanda-Saïb,
jusqu'alors presque indépendant, dans les montagnes sauvages de l'Assam.

Le radjah a mis à mort deux de nos compa-
triotes et insulté le pavillon britannique. C'est moi
qui ai l'honneur d'être choisi pour infliger une correction à ce rebelle. Je partirai, vous ai-je dit, avec
la moitié du régiment.

— C'est bien peu, reprit le capitaine Chapman.

— Je recevrai en route deux détachements des
garnisons de Batna et de Calcutta, puis deux régiments de cipayes.

Georges Dalcester et Harry Chapman échangèrent
un regard que surprit Emmy.

— Mon père, demanda-t-elle avec une émotion
qu'elle essayait vainement de dissimuler, connais-
sez-vous les noms des officiers qui doivent vous accompagner?

— Oui! répondit le colonel. J'ai jeté un rapide
coup d'œil, tout à l'heure, sur la liste que m'adresse
le vice-roi; aucun de vous, Messieurs, ne s'y trouve
porté. En mon absence, le capitaine Chapman me
remplacera dans mes fonctions.

Georges Dalcester s'était levé un peu pâle.

— Colonel, dit-il, permettez-moi de vous demander si miss Emmy vous accompagnera?

— Certainement, répondit la jeune fille, sans
laisser à son père le temps de répondre. Ma place
est à ses côtés. D'ailleurs, je serai enchantée de con-

naître cette montagneuse région d'Assam que l'on
dit si pittoresque et qui est une des dernières où il
y ait encore des éléphants sauvages.

— Je n'ai rien décidé à ce sujet, déclara sir John,
et il ajouta, en se tournant vers Dalcester : que ma
fille reste ici ou qu'elle m'accompagne, elle ne
courra aucun danger, soyez-en sûr.

Harry Chapman lança à son rival un regard de
haine. Ses petits yeux jaunes semblaient remplis
de venin. M. Montbrichard, qui était demeuré silencieux pendant la sensationnelle communication
de sir John, se félicita intérieurement de s'être
échappé des griffes de la famille Chapman.

Le vieux savant, un peu fatigué par les émotions
de la journée, sentait ses yeux s'appesantir. Un boy
le conduisit à sa chambre, sa disparition donna le
signal du départ à tout le monde. Les deux officiers
prirent d'abord congé, puis miss Emmy rentra dans
ses appartements où sa femme de chambre, une
petite Écossaise nommée Kate, l'attendait patiem-
ment en relisant la dernière lettre de son fiancé, le
beau sergent Mac-Dunlop, principal collaborateur
de Bakaloo dans la délivrance du fameux Anatole
Montbrichard.

Avant de se souhaiter le bonsoir, le père et la fille
s'entretinrent un instant à voix basse. Le colonel,
avant de décider s'il devait emmener miss Emmy
ou la laisser à Bénarès, voulait attendre jusqu'au
lendemain.

Le capitaine Chapman demeura seul avec sir John.
Pendant quelque temps les deux cousins se regar-
dèrent dans un terrible silence.

— Vous aviez quelque chose à me dire? demanda
enfin Chapman, payant d'audace.

— Non ! rien, dit sir John avec un mépris écrasant, j'ai réfléchi. On n'adresse de réprimande
qu'aux gens que l'on estime, vous êtes une trop
vile canaille pour que je perde mon temps à vous
faire de la morale. Retirez-vous et faites le nécessaire pour le départ d'après-demain.

— Mais...

— Quoi? vous voudriez, sans doute, implorer

encore ma protection dans l'affaire d'aujourd'hui?
Cette fois, je ne m'en mêle plus; vous avez voulu
dévaliser ce pauvre vieux savant, tant pis pour vous
si votre complice Lyoni vous dénonce. Non seulement je ne ferai rien en votre faveur, mais je dirai
ce que je pense de vous et ce que je sais de vos
crimes.

— Colonel, murmura Chapman d'un ton sup-
pliant, je vous assure que vous vous trompez et
que je suis innocent.

— Alors, tant mieux pour vous ! Il ne vous en
sera que plus facile de vous tirer d'affaire. Maintenant, écoutez-moi bien ! Je suis, à mon grand regret,
forcé, puisque le vice-roi l'a ainsi ordonné, de vous
laisser remplir les fonctions de mon grade en mon
absence : mais faites en sorte que je n'aie aucun
reproche à vous faire à mon retour. Vous avez compris?

Le colonel avait ouvert la porte et la montrait
à Chapman d'un geste impérieux.

Le misérable sortit pâle de honte, la rage au cœur.
Quand il se retrouva dans la rue déserte, qu'emplis-
saient seules les monotones mélopées d'un mendiant
musulman accroupi près d'une borne, il menaça
du poing la brillante façade du palais.

Au thé de neuf heures, le lendemain, miss Emmy
se trouva seule avec son père, M. Montbrichard
n'était pas encore descendu. Il dormait encore à
poings fermés à l'abri de sa moustiquaire, sourd
aux coups de gong qui faisaient vibrer toute la
maison et annonçaient bruyamment l'heure du
break-fast.

Le colonel avait les traits un peu tirés par l'in-
somnie et les beaux yeux d'Emmy étaient rougis
de larmes. Ni le père ni la fille n'avaient pu goûter
un instant de repos.

— Ma chère enfant, dit sir John, avec plus d'émotion qu'il n'en eût voulu laisser paraître, ma décision est prise.

— Je pars? je t'accompagne?

— Non ! c'est impossible. La région d'Assam,
couverte de bois et de montagnes, sans routes, ne

saurait être visitée par toi dans de telles conditions. Ta présence me troublerait. Je veillerais sur toi, au lieu de veiller sur mes soldats !

Miss Emmy ne répondit que par des sanglots.

Sir John l'embrassa et la serra sur son cœur, en essayant de la consoler.

— Il faut être raisonnable. Je vais être absent quelques semaines, un mois et demi tout au plus; je veux que tu me promettes de prendre, pendant ce temps-là, le plus de distractions possible.

— Oh ! j'aurai trop d'inquiétude pour cela.

— Mais tu auras de mes nouvelles, j'emporte des appareils de télégraphie sans fil et tu sauras tous les soirs ce que j'aurai fait la journée.

— Je te promets d'être courageuse autant que je pourrai; mais les journées me paraîtront bien longues.

— Puis, réfléchis, mon enfant, que je vais faire là une grande œuvre. Sitôt la pacification terminée, une ligne de chemin de fer enrichira ces solitudes incultes et j'aurai contribué pour ma part, dans la faible mesure de mes moyens, à servir l'Angleterre et l'humanité.

— Tu oublies, ajouta Emmy, déjà résignée, que tu vas nous revenir général et duc d'Assam. Je n'ai pas le droit d'entraver ta carrière.

Le colonel haussa les épaules avec une bonhomie un peu sceptique.

— Enfant, murmura-t-il, tu ne vois là que le côté glorieux. Je t'assure bien que je n'y pense guère, moi. Ce qui m'ennuie, c'est de te laisser sans protecteur.

— Sans protecteur ! dit tout à coup une voix joyeuse, et moi donc !

Et M. Anatole Montbrichard, la moustache coquettement frisée, vêtu d'un complet de *pijama* à raies roses et vertes, apparut dans l'encadrement de la porte, les yeux pétillants de malice derrière ses lunettes à branches d'or.

— Excusez mon entrée un peu brusque. C'est bien malgré moi que j'ai entendu quelques mots de votre conversation. Ma foi ! j'y ai répondu.

— Asseyez-vous, dit la jeune fille, votre thé sera

froid. Vous savez, ajouta-t-elle, que vous avez dit une parole imprudente. Je vous prends au mot. Vous resterez ici tout le temps que mon père sera absent.

— Vous voulez plaisanter? et mon voyage d'exploration?

— Vous explorerez les environs.

Le colonel intervint.

— Emmy, tu es indiscrète. Le temps de M. Montbrichard est précieux, plus que tu ne penses, mais j'ajoute que je serais très honoré s'il voulait me remplacer près de toi. Notre connaissance ne date pas de loin, mais j'ai depuis que je vous connais autant de sympathie pour votre personne que j'avais d'admiration pour votre science.

M. Montbrichard paraissait très perplexe.

— Ma foi! dit-il, je ne vous cacherai pas que votre proposition est fort alléchante. Mais, vraiment, je suis confus.

— Allons, c'est entendu, s'écria Emmy joyeusement.

— Eh bien! tant pis, j'accepte, dit le vieillard, avec un bon rire. Mais, tenez, voilà un protecteur à longues oreilles que vous oubliez et qui, certes, défendrait peut-être miss Emmy plus efficacement que moi, en cas de péril.

Il montrait du doigt l'éléphant Bakaloo qui, la trompe en tire-bouchon et les yeux clignotants de plaisir, venait saluer sa maîtresse. Après avoir absorbé les quelques dizaines de kilogrammes de riz qui formaient l'ordinaire de son petit déjeuner, il avait coutume, chaque matin, de recevoir son dessert sous forme de morceaux de sucre, des mains blanches de miss Emmy.

John n'eût osé l'espérer. Le vieux savant remonta dans sa chambre pour mettre ordre à ses notes. Miss Emmy et son père allèrent veiller à divers préparatifs.

La nombreuse domesticité du palais était en émoi. C'était un continuel défilé de malles, de valises, de paniers en rotin et de colis de toutes formes et de toutes dimensions.

Au milieu de cette débandade générale, miss Emmy trouva le temps d'envoyer Kate, sa gentille soubrette, prévenir le sergent Mac Dunlop qui devait à son tour mettre au courant Georges Dalcester, des résolutions prises le matin. Une heure plus tard, miss Emmy recevait une lettre conçue en termes respectueux, dans laquelle le jeune officier protestait de son dévouement. Miss Emmy ne se fâcha pas de cette audace.

— Tu vois, dit-elle à Kate, que mon père a tort de s'inquiéter. Nous voilà déjà à la tête de trois protecteurs sérieux.

— Vous pourriez dire de quatre, bonne maîtresse, répondit malicieusement la petite Écossaise. Croyez-vous que nous n'aurions pas un bon défenseur à l'occasion dans la personne du sergent Mac Dunlop? C'est un si brave garçon ! Il me disait encore tantôt que vous étiez la plus jolie miss de tout l'empire britannique.

— C'est un peu exagéré... Mais si, au lieu de bavarder, nous finissions cette malle? cela vaudrait beaucoup mieux.

Le soir, tous, y compris M. Montbrichard, qui avait tenu à surveiller l'emballage de la pharmacie, étaient brisés de fatigue.

Le vieux savant dormait encore lorsqu'il fut respectueusement réveillé par le jeune Goatopi, un Hindou de la caste des parias, qui était spécialement attaché à son service.

M. Montbrichard était en train de rêver qu'il se promenait sur le dos de Bakaloo, dans le jardin du Luxembourg, et qu'une escouade de gardes républicains étaient à sa poursuite.

— Qu'on me dresse procès-verbal, dit-il, en s'éveillant en sursaut.

Goatopi, qui n'avait rien compris à cette demande saugrenue, s'inclina jusqu'à terre.

Le géographe, tout à fait réveillé, éclata d'un rire sonore et s'habilla. Il arriva juste à temps pour serrer la main du colonel qui montait à cheval entouré de ses officiers d'ordonnance. Son rôle de tuteur officiel commençait. Il lui fallut sécher les larmes

de miss Emmy, lui faire prendre un cordial, enfin,
la faire monter dans une automobile qu'un chauffeur
londonien dirigeait avec une maëstria impeccable.

M. Montbrichard était si maladroit dans son rôle,
qu'il se sentait lui-même la larme à l'œil. Le chagrin
de la jeune fille l'impressionnait vivement. Ce fut
elle qui dut le morigéner.

— Eh bien ! dit-elle, est-ce que vous allez pleurer
comme moi? Je ne vous fais pas mes compliments
sur votre rôle de tuteur.

On était arrivé à l'une des portes de la ville où les
fortifications de marbre des anciens radjahs dispa-
raissaient sous un fouillis d'arbrisseaux. Le ciel
d'abord d'un ton rose vif était tout à coup devenu
pâle et déjà le soleil dardait des rayons presque per-
pendiculaires. Dans la foule des Européens venus
pour assister au départ des troupes, on ouvrait des
parasols de soie blanche; des tentes même étaient
dressées où des marchands vendaient de l'eau glacée
et des limons.

Bientôt, l'accent guerrier des cornemuses se fit
entendre et le défilé commença. En tête, la musique
militaire. Les exécutants, vêtus de riches costumes,
attaquèrent le *God save the king,* qui fut salué de
hip ! et de hourrah ! retentissants. A la voix sonore
des cuivres succéda le nasillement martial des cornemuses, dont les pipers jouèrent l'hymne national
de chaque clan.

Le contingent écossais défila dans une tenue admirable ; mais, en raison du climat, la toque des highlands avait fait place au casque de moelle de sureau
et le tartan bariolé à la toile couleur khaki. Les armes
bronzées et nickelées étincelaient sous le soleil.

Bientôt, le son aigu des fifres annonça l'infanterie
montée, dont les costumes écarlates se détachaient
vigoureusement sur le bleu du ciel. L'état-major
à la tête duquel se trouvait le colonel Printermont
les suivait de près, éblouissant de dorures.

En passant près de sa fille, il inclina son épée
dans un noble geste d'adieu et toute la foule fit
retentir une immense acclamation quand miss Emmy agita son mouchoir.

M. Montbrichard, qui gardait encore quelques préjugés contre la perfide Albion, se surprit lui-même à crier : Hip ! Hip ! hourrah ! avec un enthousiasme frénétique.

Mais l'artillerie passait avec ses canons de fil de fer, ses mitrailleuses automobiles. Derrière, s'avançaient les fourgons de l'intendance, le matériel aérostatique et les voitures d'ambulance dont les croix rouges furent saluées respectueusement par la foule.

L'automobile qui ramenait miss Emmy, pâle et silencieuse, se trouvait à peu de distance du palais, lorsque M. Montbrichard aperçut son voleur, l'Hindou Lyoni, que deux pions de la police entraînaient, avec force bourrades, sans doute dans la direction du tribunal. Le prisonnier se retournait sans cesse, comme s'il eût espéré l'intervention de quelqu'un.

Emporté par la course vertigineuse de l'automobile, M. Montbrichard n'eut que le temps de voir le capitaine Chapman qui, dissimulé dans l'embrasure d'une porte et le doigt sur la bouche, essayait sans doute de faire comprendre à Lyoni la nécessité du silence.

CHAPITRE IV

La chambre de M. Montbrichard, qui donnait sur une magnifique perspective de jardins et de palais, était meublée avec cette simplicité et cette entente du confort qui distinguent les Anglais.

Les murs, entièrement recouverts de larges panneaux de porcelaine fleuris d'arabesques polychromées, ne présentaient que des angles arrondis pour n'offrir aucune retraite aux blattes, cancrelats, moustiques, maringouins, tarakanes et autres vermines des pays chauds. Le plafond, creusé en dôme et très élevé, était muni d'un panka, dont les larges ailes de soie noire brodée d'or palpitaient lentement à intervalles réguliers, mises en mouvement par un invisible moteur électrique. Chacun des pieds du lit au sommier d'acier plongeait dans un vase rempli d'eau parfumée et antiseptique, de façon à former

une espèce d'îlot inaccessible aux insectes. Enfin,
les vitres des fenêtres, percées de milliers de petits
trous, étaient, en outre, à renouvellement d'air auto-
matique.

M. Montbrichard n'avait qu'à tourner un bouton
placé à son chevet pour avoir de la lumière ou faire
venir son boy Goatimou. Une salle de bains et une
bibliothèque communiquaient de plain-pied avec
sa chambre. Cette installation ne laissait rien à désirer, et le vieux savant, qui n'avait jamais été aussi
bien soigné et aussi bien servi, trouvait l'existence
fort à son gré. Il faisait deux parts de sa journée,
lisant et écrivant quand il ne tenait pas compagnie
à miss Emmy et aux nombreux visiteurs qui
venaient passer la soirée et prendre le thé au palais,
sous prétexte de s'informer du colonel. Ni Harry
Chapman, ni Georges Dalcester, on le devine, ne
manquaient à une seule de ces petites réceptions.

D'ailleurs, les nouvelles que le télégraphe trans-
mettait chaque soir étaient excellentes. La petite
armée que commandait le colonel traversait des
pays parfaitement soumis et se grossissait à chaque
étape des bataillons cipayes et des détachements an-
noncés par le message du vice-roi. Mais, à cause de
la chaleur et du mauvais état des routes, la marche
était lente.

Un matin, il y avait déjà quatre jours que le colonel était parti, M. Montbrichard avait fait transporter son rocking-chair près du bassin fleuri de
lotus roses et blancs. Le chef abrité par un vaste
camphrier, il lisait avec délices des lettres et des journaux arrivés de France. Il fut troublé, dans cette
agréable occupation, par Goatimou, qui lui annonça
qu'un brahme, de la caste sanguinaire et aujourd'hui
presque disparue des Ardavenas, désirait lui parler.

En sa qualité de membre de la Société asiatique
et de professeur à l'École des langues orientales,
M. Montbrichard était déjà connu des marchands à
cause de ses nombreux achats de manuscrits. Il
pensa qu'on lui apportait quelque Védam curieux
et ordonna de faire venir l'indigène.

Goatimou revint bientôt suivi d'un jeune homme

dont les vêtements étaient en haillons, mais qui paraissait énergique et fier. Son front était barré de trois lignes blanches horizontales tracées avec de la cendre de bouse de vache et du santal pilé.

Il s'inclina humblement devant M. Montbrichard et, après y avoir été autorisé, parla ainsi :

— Je me nomme Narayena ; je suis le frère de l'homme qui est en prison à cause de toi et je viens faire appel à ta miséricorde pour que tu ne réclames pas contre lui un châtiment trop sévère.

Narayena s'était exprimé en anglais, et M. Montbrichard, qui parlait fort mal cette langue, le comprenait suffisamment.

— Et comme je sais, continua le brahme, que tu es un grand savant du Frangistan, je t'ai apporté deux beaux manuscrits de l'Ezour-Védam et du Rig-Védam que je te prie d'accepter en présent. C'est le seul que je puisse t'offrir.

L'orientaliste, enchanté d'une telle aubaine, promit tout ce qu'on voulut et s'empara, d'une main tremblante de joie, du précieux document, sans réfléchir, hélas ! le malheureux, qu'il compromettait gravement sa dignité en recevant une sorte de pot-de-vin de la part de son voleur.

Le rusé Narayena s'empressa de se retirer dans la crainte que quelqu'un ne vînt avertir le vieillard de sa bévue ; mais son visage était illuminé d'un sourire triomphal.

Il n'avait pas plutôt tourné les talons, que M. Montbrichard envoya Goatimou à sa poursuite avec une dizaine de roupies d'argent. L'Hindou avait déjà disparu sans que le boy pût voir quelle direction il avait prise.

En quittant le palais, Narayena s'était engagé dans les ruelles tortueuses de la ville hindoue. Après avoir longé une haute muraille, il prit dans sa poche une clef, ouvrit une petite porte et se trouva dans un jardin ombragé de grands arbres où l'attendait le capitaine Chapman.

Tous deux s'entretinrent à voix basse, puis le capitaine remit au brahme une bourse assez pesante et les deux hommes se séparèrent.

Narayena, au nom de son frère, avait promis
qu'aucune révélation sur la complicité de Chapman
ne serait faite devant les juges et, grâce à l'étour-
derie de M. Montbrichard, il était probable que
l'Hindou serait acquitté ou du moins condamné à
une peine légère.

Miss Emmy, qui appréciait sainement la situation, tança d'importance son tuteur.

— Vraiment, dit-elle, ce n'est pas sérieux. Si cela
continue, les rôles seront intervertis : vous serez le
pupille et moi la tutrice.

M. Montbrichard écouta ses remontrances d'un
air penaud. Il était d'autant plus humilié, qu'il avait
reconnu que les deux manuscrits de Narayena
étaient habilement truqués et n'avaient aucun
caractère d'authenticité. Il eût pu s'en procurer
plusieurs douzaines de semblables à très bon compte.
Il se garda bien, d'ailleurs, de raconter cette dernière
déconvenue à miss Emmy. Dans l'après-midi,
Georges Dalcester fit une courte visite au palais et,
sous le sceau du secret, fut mis au courant du strata-
gème de Nayarena.

L'anecdote lui parut extrêmement réjouissante.

— Ces Hindous sont tous de maîtres fourbes, lui
dit-il. On vous a tendu un piège et vous y êtes naïve-
ment tombé; mais au fond, le mal n'est pas grand.

— Certes, non, répondit M. Montbrichard. Que
m'importe à moi que Lyoni soit condamné ou acquitté? Il ira se faire pendre ailleurs, voilà tout.

— Vous oubliez, répliqua miss Emmy, que notre
ami va se trouver dans une situation un peu ridicule
lorsqu'il fera sa déposition devant les juges.

— J'arrangerai cela, fit Georges Dalcester. Le
constable du tribunal des affaires indigènes est un
de mes anciens camarades du collège d'Eton. Je vais
lui exposer le fait tel qu'il est. Comme je le connais,
il se fera un vrai plaisir de déjouer la malice des
deux Hindous et il dispensera notre ami de se rendre
à une ennuyeuse convocation.

Le lieutenant réussit pleinement dans la mission
dont il s'était chargé, et quand Lyoni, secrètement
prévenu par son frère, parla des deux manuscrits

qu'avait acceptés le vieillard de Frangistan comme
dédommagement, le juge le tança vertement.

— Ton frère, dit-il, devrait être assis à tes côtés;
il est aussi voleur que toi. Je suis au courant de
l'histoire; il a voulu vendre à l'étranger, comme
objets rares, des manuscrits sans valeur. Mais
comme cet homme de bien a intercédé pour toi,
je me contenterai de te faire appliquer dix coups de
rotin en t'engageant à mener désormais une vie
plus exemplaire.

Après cet arrêt expéditivement rendu, Lyoni malgré ses protestations d'innocence fut entraîné par
les pions de police jusqu'au poteau élevé en face du
thana ou prison située à côté du bazar. La foule
s'attroupa autour du patient déjà ligoté tout nu.
Puis l'exécuteur fit siffler sa baguette qui alla
s'amortir avec un bruit mat sur le dos du condamné,
un second coup suivit de près le premier et alla
tomber quelques lignes plus haut.

Les exécuteurs, gens experts, savent mesurer
savamment la portée de leurs coups, de façon à former sur la peau des espèces de graduations. Ainsi
le châtiment a un double effet. Comme le dit
M. Aubert, « il est à la fois douloureux et infamant,
car jamais les traces des coups ne s'effacent. Le
supplice du rotin participe du knout et de la
marque ».

Ces sortes d'exécutions sont si fréquentes que
c'est à peine si le public y fait attention pendant
quelques minutes.

Lyoni, dont les reins étaient zébrés de marques
sanglantes, mais dont le visage était resté impassible,
reprit son pagne et s'éloigna tout courbé par la
souffrance.

Une fois sorti de la foule qui se pressait autour du
bazar, il retrouva son frère Narayena qui lui offrit
l'aide de son bras pour arriver à la maison qu'ils
occupaient au fond d'un grand jardin et où le capitaine Chapman se rendait souvent incognito.

Lyoni s'allongea sur une natte, ses plaies furent
pansées avec des compresses d'herbes aromatiques
et une vieille femme paria, qui servait de domestique

aux deux frères, lui apporta de l'eau de riz ou *cauge*
et de *callou*, liqueur que l'on tire du cocotier.

Le malade goûta tour à tour des deux breuvages.
Les compresses calmaient peu à peu les douleurs
cuisantes de ses reins. Il éprouva un mieux sensible.

— Tu guériras vite, dit Narayena. Dans deux ou
trois jours tu pourras sortir; mais il est honteux
qu'un brahme de notre caste ait été traité d'une
façon si ignominieuse.

— Crois-tu donc que je n'en tirerai pas vengeance?

— Je t'y aiderai. Mais je veux qu'aucun de nos
ennemis ne nous échappe. Le capitaine sera notre
allié dans cette entreprise. Tu as été fatigué, à
cause de lui, et je sais qu'il donnerait beaucoup d'or
pour voir mourir le colonel et sa fille.

— Chapman viendra-t-il ce soir?

— Oui. Je l'ai fait prévenir.

Après cette brève conversation, Lyoni tomba
dans un assoupissement profond. Narayena, certain
que son frère dormirait jusqu'au soir, sortit sans
bruit pour se rendre à la boutique d'un droguiste
qui passait aussi pour recéleur. En même temps que
les poudres rouges et jaunes qui servent à composer
le *pollon* sacré et la cendre de bouse de vache dont
les lingamistes se barbouillent le corps et le visage,
on trouvait chez le vieux Sammonkh-Hamida du
savon de Windsor, de l'eau de Cologne, des remèdes
et des amulettes pour toutes les maladies et pour
tous les chagrins. Il possédait même, assurait-on, le
secret de ce fameux poison des radjahs si redouté
des fonctionnaires anglais et qui foudroie instan-
tanément à la dose d'un centième de milligramme.

Chemin faisant, Narayena se trouva brusquement
nez à nez avec M. Montbrichard qui, suivi de Goatimou et abrité d'un large parasol, se promenait en
flâneur par la ville. Le premier mouvement de
l'Hindou fut de prendre la fuite; mais voyant que
le vieillard lui faisait signe d'approcher, en lui mon-
trant quelques pièces d'argent, il s'avança la main
fendue.

Goatimou, en lui remettant dix piastres, lui expliqua que c'était là le prix des manuscrits, mais qu'une autre fois il ne faudrait pas abuser ainsi de la confiance d'un étranger.

Quelques jours après, un des serviteurs du palais décédait subitement sans avoir donné aucun signe de maladie. On attribua sa mort à une insolation ou à la rupture d'un anévrisme et il fut remplacé. Mais le lendemain, un autre mourut de la même façon, puis un autre encore. Miss Emmy, sérieusement alarmée, établit une stricte surveillance et écrivit au chef de la police qui posta, mais sans résultat, plusieurs agents autour du palais. De plus, tous les comestibles furent soigneusement visités et essayés, avant de paraître sur la table des maîtres.

Huit jours s'écoulèrent. Mais sitôt que miss Emmy et ses amis se relâchèrent de leurs précautions, l'Hindou qui était spécialement attaché à la personne de Bakaloo succomba au mal mystérieux. Le péril devenait inquiétant.

— Évidemment, dit un soir Georges Dalcester, vous êtes en butte aux vengeances d'un empoisonneur.

— Je le crains fort, répliqua M. Montbrichard qui, d'abord enthousiasmé de l'hospitalité quasi royale des Anglo-Indiens, commençait à regretter sérieusement son modeste logis de la rive gauche.

— Il n'y a qu'une chose à faire, proposa le lieutenant Chapman. C'est de venir pour quelque temps vous réfugier chez mon père.

Miss Emmy secoua la tête.

— Je vous suis très reconnaissante de votre proposition. En agissant ainsi, c'est sur vous et sur votre père que j'attirerais le danger, si danger il y a.

La réception ce soir-là fut assez morne. Chacun tremblait d'approcher de ses lèvres les breuvages délicieux et glacés qui chargeaient la console du salon.

Vers dix heures, le sergent Mac Dunlop apporta la dépêche quotidienne du colonel. Les troupes anglaises depuis leur entrée dans le pays d'Assam avaient été très éprouvées par la fatigue. Il était

presque impossible de faire avancer l'artillerie de
campagne et les fourgons à travers une région extrêmement boisée et coupée de ravins et de précipices.
D'ailleurs le colonel avait bon espoir. Un nouveau
matériel et des mulets de rechange étaient en route
pour le rejoindre. Dans une première escarmouche,
les troupes de Khanda-Saïd, cependant armées à
l'européenne, et commandées par des déserteurs
cipayes, avaient éprouvé des pertes sérieuses.

On s'entretint quelque temps du pays d'Assam
et de la gloire dont allait certainement se couvrir le
colonel Printermont. Puis, l'obsession du danger fut
la plus forte; on se remit à parler des empoison-
neurs.

— Tout cela est étrange, dit le lieutenant Dalcester. Je ne connais pourtant pas d'ennemis à
miss Printermont.

— Vous oubliez Lyoni, murmura la jeune fille.

— Ce ne peut être lui. Le directeur de la police
m'a affirmé qu'il est encore gravement malade des
coups de rotin qu'il a reçus.

— Mais son frère?

— Vous voulez parler du rusé Narayena? interrompit le sous-lieutenant Chapman avec un léger
trouble. Mon père s'est renseigné; il a la certitude
que Narayena est parti pour Hyderabad.

A ce moment, un épouvantable barrissement
déchira l'air.

— Hélas ! s'écria miss Emmy, les misérables, ils
viennent de tuer mon pauvre Bakaloo ! Courons
vite.

Tout le monde se dirigea vers l'écurie de l'éléphant. Des serviteurs accoururent avec des flam-
beaux. Mais un spectacle horrible figea les specta-
teurs, dès le seuil, muets et tremblants d'épouvante.

Au centre du vaste hangar, sur un monceau de
paille de riz, un homme était étendu, la bouche
ensanglantée, les yeux révulsés par l'agonie. D'une
de ses pattes puissantes, Bakaloo écrasait la poitrine
du misérable. Sous la formidable pesée, les os de
la cage thoracique craquaient. L'homme eut une
dernière convulsion, puis se raidit immobile au

milieu du ruisseau de sang qui s'échappait de sa bouche.

M. Montbrichard avait aussitôt emmené miss Emmy et l'avait fait asseoir, aussi pâle qu'une morte, presque évanouie, sur un des fauteuils du salon.

Pendant ce temps, Georges Dalcester et Harry Chapman s'approchaient du cadavre que Bakaloo, son œuvre de justice accomplie, avait abandonné avec mépris en se réfugiant dans l'angle le plus éloigné, là où sa litière n'était pas souillée de sang.

Georges se pencha vers l'homme.

— Mais, c'est Narayena, et jetant au sous-lieutenant Chapman un regard étrangement aigu et glacial, — qu'est-ce que cela veut dire? Vous affirmiez, il n'y a qu'un instant, qu'il avait quitté la ville.

Le sous-lieutenant devint blême.

— Mais... je le croyais... bégaya-t-il, je ne sais pas pourquoi il se trouve ici.

— Ce n'est pas difficile à deviner, Monsieur Chapman. Regardez ce flacon qu'il tient encore dans sa main crispée.

— Mais...

— Regardez aussi cette échelle encore appuyée contre le réservoir d'eau, comprenez-vous maintenant?

Le sous-lieutenant Chapman lança, à la dérobée, un terrible regard à son rival; puis, reprenant un peu de sang-froid :

— Assurément, fit-il, il y a des preuves d'une odieuse machination.

— C'est bien mon avis.

— Vous me voyez encore tout tremblant...Cette chère Emmy ! Mais, à propos, que faisait donc, pendant ce temps, le cornac de l'éléphant?

Goatimou, qui se trouvait au nombre des serviteurs présents, montra d'un geste une forme allongée dans un coin sombre. Le malheureux cornac avait été étranglé en plein sommeil. Son cou portait encore la trace livide des doigts de Narayena autrefois affilié à la secte des Thugs et adorateur fervent de la redoutable déesse Kâli.

Sur un signe de Georges, les serviteurs firent disparaître les cadavres, lavèrent le sang à grande eau et refirent la litière de l'éléphant que l'un d'eux reçut l'ordre de ne pas perdre de vue jusqu'au lendemain matin.

Quand les deux rivaux rentrèrent au palais, miss Printermont avait regagné ses appartements. M. Montbrichard, très impressionné par le spectacle affreux qu'il avait vu en avait fait autant. Il ne restait plus aux deux visiteurs qu'à se retirer. C'est ce qu'ils firent, après avoir échangé quelques paroles de froide politesse.

Quand le sous-lieutenant Chapman rentra dans le cottage qu'il occupait en compagnie de son père sur les confins de la ville anglaise, le capitaine n'était pas encore couché. Il semblait attendre le retour de son fils avec une fiévreuse impatience.

— Eh bien? demanda-t-il. Et ces empoisonnements? Y a-t-il du nouveau?

— Oui, c'est terrible.

Le capitaine était haletant d'une joie diabolique.

— Emmy serait donc morte? s'écria-t-il.

— Non. Il y a seulement un cornac étranglé, mais l'empoisonneur a été surpris et exécuté par Bakaloo. Pourquoi donc, père, m'aviez-vous dit que ce misérable Narayena avait quitté la ville? Dalcester m'a regardé d'un air singulier. Vous êtes déjà suspect à cause de vos relations avec Lyoni.

— Voilà qui n'avance guère nos affaires près de l'héritière aux millions.

— Aussi, pourquoi accueillez-vous de pareils bandits? Je n'ai jamais compris cela. Il court sur nous tant de mauvais bruits!

— Est-ce bien mon fils qui accueille les calomnies et les mensonges dont les envieux essayent de ternir ma réputation? Il ne t'appartient pas de me juger. J'ai toujours agi en bon père et en brave soldat. Quant aux millions de la dédaigneuse Emmy, ils t'appartiendront un jour, je te le promets.

Chapman avait parlé d'un tel ton que son fils regagna sa chambre sans oser ajouter une parole.

Resté seul, le capitaine mit dans sa poche un

revolver, après en avoir vérifié les cartouches et se
glissa doucement dans la rue silencieuse où la lune
allongeait en profils fantastiques les ombres bleues
des temples et des palais.

Bientôt il arriva, sans avoir rencontré personne,
jusqu'à la petite porte du jardin dont il avait la
clef et marcha dans la nuit épaisse des ombrages
jusqu'à la maisonnette où Lyoni, tout à fait rétabli
de sa bastonnade, attendait son frère en mâchant
du bétel qui lui faisait la salive couleur de sang. Le
brahme paraissait morne et abattu; il se dérangea à
peine à l'arrivée de Chapman.

— Te voilà déjà? dit-il; tu es venu avant mon
frère.

— Ton frère ne viendra plus. Il est mort sans
avoir accompli son œuvre.

Lyoni poussa une exclamation de désespoir, puis
écouta, impassiblement, le récit du capitaine.

— Tu comprends, dit celui-ci en terminant, que
tu ne peux rester ici une minute de plus. Tu n'as
que le temps de fuir. Dès que le soleil se lèvera, les
gens de la police viendront pour te saisir.

— Et tu as grande hâte que je m'en aille de peur
que je ne trahisse tes secrets. Tu m'apportes sans
doute un peu d'or; je connais tes façons d'agir. Tu
es trop heureux de te débarrasser de moi. Mais si
je restais?

— Reste si tu veux; peu m'importe. Tu auras
le sort de ton frère; voilà tout.

Lyoni garda le silence, si longtemps que Chapman
commençait à être inquiet.

— Allons, décide-toi, lui dit-il, ou je te quitte.

Et le capitaine palpait dans sa poche la crosse de
son revolver tout prêt à en faire usage pour supprimer son complice.

— Eh bien ! soit, dit Lyoni comme à regret, je
partirai. Mais ma vengeance n'en sera que plus complète.

— Où iras-tu?

— Je ne devrais pas te le dire; tu es un traître.
Tout à l'heure, j'ai vu briller dans tes yeux la pensée
de meurtre; mais comme tu ne peux rien contre moi,

je t'avoue que je me rends dans le pays d'Assam pour y poursuivre mon œuvre. Tu auras de mes nouvelles d'ici peu.

Chapman ne put rien tirer de plus de Lyoni. Celui-ci se tenait sur la défensive et se refusait à fournir aucun détail sur ses projets. Mais le capitaine en savait assez pour comprendre que c'était à sir John que le brahme allait maintenant s'attaquer. Enchanté de la tournure que prenaient les événements, il remit à l'Hindou une dizaine de livres sterling et eut la satisfaction de le voir se mettre en route non sans avoir brûlé quelques papiers compromettants.

CHAPITRE V

Quelques heures plus tard, quand les pions de police se présentèrent, la maison était vide et Lyoni avait déjà plusieurs lieues d'avance sur le chemin du pays d'Assam. Sa fuite n'étonna personne mais eut pour résultat de faire renaître la tranquillité et la confiance dans le cœur de miss Emmy et de ses amis.

Bakaloo fut pendant toute une semaine le sujet des conversations et le héros à la mode.

Le *Bénarès Herald* et l'*India scientific Review* publièrent sur l'instinct des éléphants et surtout de Bakaloo deux longs articles de M. Montbrichard, traduits en anglais par miss Emmy avec la collaboration du lieutenant Georges. Les nouvelles de sir John étaient toujours très rassurantes. Le corps d'armée avançait maintenant sans rencontrer d'autres ennemis que la chaleur et la fatigue. L'occupation du pays et la pacification se feraient presque sans coup férir.

M. Montbrichard s'accoutumait petit à petit à l'indolente et délicieuse existence que l'on mène dans les Indes. Il s'était mis à étudier les dialectes locaux; il s'intéressait à la botanique et faisait même sous la direction de sa pupille de sérieux progrès dans la prononciation de la langue anglaise.

Les Chapman père et fils étaient redevenus les hôtes assidus du palais et rivalisaient d'attentions et de prévenances envers miss Emmy. Ils avaient même reconquis les bonnes grâces de M. Montbrichard.

— Je ne dois pas les rendre responsables de ce qui est arrivé. Ce n'est pas de leur faute si le guide qu'ils m'ont indiqué était un filou... Tout le monde peut se tromper... Décidément, je les avais mal jugés, dit-il un soir à miss Emmy.

— Je suis de votre avis, répondit la jeune fille. Sans me sentir attirée par de bien vives sympathies vers mes cousins Chapman, je crois, comme vous, que ce ne sont pas de méchantes gens et qu'ils ont été beaucoup calomniés.

Ce soir-là, miss Emmy se sentait d'excellente humeur. Les invités habituels venaient de se retirer après une soirée musicale des plus réussies. La jeune fille jouissait encore quelques instants de la beauté de la nuit et s'entretenait avec M. Montbrichard avant de se retirer dans ses appartements.

La dépêche expédiée ce soir-là par le colonel était remplie de bonnes nouvelles; sir John racontait qu'il avait écrasé l'armée ennemie à l'entrée d'un défilé et que les partisans du radjah d'Assam étaient en pleine déroute.

Le vieillard et la jeune fille se séparèrent avec un cordial shake-hand et le palais tout entier retomba dans le silence.

Une heure ne s'était pas écoulée que M. Montbrichard fut tiré du paisible sommeil où il était plongé par les éclats retentissants du gong que répercutaient les voûtes de marbre des vestibules et des salles.

Le vieux savant s'habilla en toute hâte. Il est sans exemple dans l'Inde que l'on se permette dans la seconde moitié de la nuit de troubler ainsi le repos de ses voisins. Il devait se passer des événements graves.

Dans le grand salon où se pressaient les serviteurs effarés, il trouva le capitaine Chapman, l'air, en apparence, très affligé, mais de cette tristesse de circonstance qui n'est qu'une politesse pour les deuils que nous ne partageons pas.

Au même moment, miss Emmy descendait, les yeux rougis de sommeil, ses beaux cheveux retenus par un peigne de perles; elle avait à peine pris le temps de revêtir un peignoir de tussor.

— Eh bien, s'écria-t-elle, qu'y a-t-il? Ce brusque réveil au milieu de la nuit... ces mines consternées... Je devine qu'il est arrivé quelque malheur à mon père. Parlez vite, mon cousin.

— Ayez du courage, miss Emmy !

— Mon père est mort ! Oh ! dites-moi la vérité, je suis disposée à tout entendre, plutôt que de demeurer dans une aussi cruelle incertitude.

— Non, votre père n'est pas mort, je vous en donne ma parole. Il n'est même pas blessé.

— Ah !...

— Mais il est depuis huit jours prisonnier du radjah d'Assam et depuis huit jours on est sans nouvelles de lui.

— Mais c'est impossible ! Ce soir encore, il me télégraphiait le récit d'une victoire. On a dû vous tromper.

— Je le voudrais bien. Sachez, quoi qu'il m'en coûte de vous chagriner, que toutes les dépêches que vous avez reçues depuis une semaine sont l'œuvre de l'ennemi qui a réussi à s'emparer des appareils de télégraphie sans fil dont quelques transfuges ont indiqué le maniement.

— Mon père a été trahi ! s'écria miss Emmy, d'une voix mourante, et elle tomba évanouie dans les bras de M. Montbrichard.

CHAPITRE VI

Malgré toutes les précautions des autorités, la nouvelle de la défaite de l'armée anglaise et de la disparition de sir John Printermont se répandit par toute la ville et y produisit une très vive émotion.

L'orgueil national se trouvait profondément humilié; en outre, le colonel était très aimé dans la ville, ses talents militaires étaient connus. Partout, dans les salons, dans les bars et dans les cercles, il n'y eut qu'une voix pour déclarer que sir John avait dû être victime d'une trahison.

Toutes les personnalités marquantes de la colonie anglaise tinrent à honneur de venir offrir à la jeune fille leurs consolations et leurs offres de services. Miss Emmy ne reçut personne; elle était plongée dans un accablement profond, des symptômes de fièvre se manifestaient et M. Montbrichard, qui ne quittait pas son chevet, dut lui faire administrer une potion calmante et des capsules de quinine.

Vers le soir elle se trouva mieux et put recevoir le capitaine Chapman, qui attendait avec impatience qu'elle fût en état de l'entendre. Emmy, faible et pâle, s'était installée sur une chaise longue avec l'aide de la petite Kate, sa femme de chambre.

Le capitaine Chapman s'assit à son chevet, après avoir serré la main de M. Montbrichard, qui semblait presque aussi malade que sa pupille.

— Ma chère cousine, dit le capitaine qui paraissait lui-même très affecté, j'ai passé toute la matinée d'aujourd'hui à échanger des télégrammes avec Son Excellence le lord vice-roi des Indes et voici ce qu'il a décidé; une armée deux fois plus nombreuse que la première va être dirigée vers le pays d'Assam pour tirer une éclatante vengeance des rebelles et délivrer votre père et les soldats anglais qui ont été faits prisonniers. Mon fils Harry, le lieutenant Dalcester, et les autres officiers de la garnison m'accompagneront. Le vice-roi pense qu'ils auront à cœur de délivrer leur colonel et de venger leurs camarades.

La face appâlie d'Emmy s'était colorée d'une faible rougeur.

— C'est bien, s'écria-t-elle dans un sursaut d'énergie; je vous accompagnerai, c'est mon devoir. Peut-être que si j'avais suivi mon père la dernière fois, il ne serait pas tombé dans les embûches qui lui ont été tendues.

— Miss Emmy a absolument raison, déclara

M. Montbrichard. Et moi aussi, je veux être de l'expédition et contribuer au salut de l'hôte et de l'ami qui m'a si généreusement accueilli.

Chapman sourit avec une indulgence hypocrite.

— Certes, dit-il, ma chère cousine, et vous aussi, Monsieur le savant, vous avez des sentiments qui vous honorent. Je ne peux pas blâmer votre imprudence. Elle est dictée par de nobles sentiments; pourtant, il serait presque de mon devoir de m'y opposer.

—A quel titre? demanda miss Emmy en fronçant le sourcil.

Chapman eut un regard féroce.

— Mais, dit-il, en présence de la disparition officiellement constatée de votre père dont le sort est, hélas ! bien incertain, maintenant, ne suis-je pas, en ma qualité de plus proche parent, le tuteur tout naturellement désigné pour veiller sur vos intérêts? L'honorable M. Montbrichard, malgré toute l'amitié que vous avez pour lui, ne peut être considéré, au point de vue de la loi anglaise, que comme un ami. Son Excellence le vice-roi m'a recommandé tout spécialement de m'occuper de vous et de vous présenter ses sincères sentiments de condoléances.

— Que comptez-vous donc faire, Monsieur? dit Emmy tremblante de colère.

— Mais rien, absolument rien, ma chère cousine, que ce que vous voudrez. Je tiens surtout à vous être agréable. Vous voulez accompagner l'expédition? Eh bien, vous l'accompagnerez. J'entends que, jusqu'au retour du colonel qui, je l'espère, ne tardera pas, il n'y ait entre nous aucun sujet de brouille ou de mésintelligence.

Emmy avait reconquis tout son calme.

— Cela suffit, capitaine, dit-elle, j'irai à la recherche de mon père et mon excellent ami, M. Montbrichard, m'accompagnera; je veux aussi emmener avec moi les serviteurs que je désignerai et mon éléphant favori Bakaloo.

— Il sera fait comme vous le désirez.

— Surtout, qu'on ne perde pas de temps.

— N'ayez aucune crainte à ce sujet, ma chère cousine, le vice-roi est tellement pressé de venger l'injure faite à l'étendard national, qu'après les préparatifs indispensables, les troupes partiront demain à la tombée de la nuit. Pour gagner du temps, elles seront transportées par chemin de fer jusqu'à proximité du théâtre des opérations. Dans quatre jours, l'armée que je commande entrera dans le pays d'Assam.

Après avoir obligeamment fourni tous les renseignements qu'on lui demanda, le capitaine ne tarda pas à prendre congé. Sa visite avait produit chez la jeune fille une réaction salutaire. Très forte et très énergique sous une apparence délicate, elle reconquit, tout d'un coup, son énergie.

Elle était déjà occupée à donner des ordres pour le départ, lorsque arrivèrent ensemble Harry Chapman et Georges Dalcester. Depuis le matin, ils guettaient le moment de se présenter. Leur présence acheva de rendre courage à miss Emmy.

— Vous savez, dit Georges, d'un ton grave, quelle est notre affection et quel est notre respect pour vous. Nous sommes au courant du malheur qui vous frappe et de la courageuse résolution que vous avez prise...

— Oui, je comprends et vous venez m'offrir vos services, m'assurer de votre dévouement; je vous en remercie. Je savais que d'avance ils m'étaient acquis.

— Mille pardons, miss, interrompit Harry Chapman, tel n'est pas précisément le but de notre démarche. Vous allez entreprendre une expédition périlleuse dans une contrée sauvage et presque inconnue; il est nécessaire que vous vous placiez sous une protection plus efficace que celle de ce bon savant, qui certes sacrifierait sa vie pour vous, mais qui...

— Je ne vous comprends pas, Monsieur Chapman.

— Eh bien ! je vais vous dire les choses brutalement; vous ne pouvez être sérieusement protégée que par un époux.

— Oui, ajouta froidement Georges, nous avons tous deux pour vous une égale admiration, il faut choisir entre nous deux.

— Mais, c'est impossible, je ne prendrai jamais une pareille résolution sans consulter mon père.

— Les circonstances sont impérieuses, s'écria Chapman, nous savons d'ailleurs que votre père approuvera toujours le choix que vous aurez fait, il nous l'a répété cent fois lui-même.

Emmy, très troublée, se tourna vers M. Montbrichard.

— Mademoiselle, murmura le vieillard ému jusqu'aux larmes, ces messieurs ont raison. Que peut, pour vous protéger dans les hasards d'une pareille expédition, un pauvre savant comme moi? Je vous suivrai partout, mais je n'ai plus la jeunesse et la force... Puis un mari seul aurait assez d'autorité... et quel beau cadeau de noce que la liberté de votre père et le triomphe de votre drapeau?

Emmy demeura silencieuse; de longues minutes s'écoulèrent. Les deux prétendants se regardaient, le cœur palpitant d'angoisse.

On n'entendait que le battement monotone des ailes du panka et le jacassement des oiseaux dans le jardin.

— Mes chers amis, dit enfin miss Emmy d'une voix faible, je ne peux ni ne veux faire un choix dans de pareilles circonstances. Voici ce que j'ai résolu : celui de vous deux qui délivrera mon père sera mon époux... Je vous en donne ici ma parole...

— Mais, interrompit cruellement Harry Chapman, si le colonel, par un malheur que nous ne voulons pas prévoir, avait été victime des ennemis de l'Angleterre?...

Emmy s'était levée, pourpre d'indignation.

— Eh bien, Monsieur, dans ce cas, j'accorderai ma main à celui — vous ou un autre, ajouta-t-elle avec une nuance de mépris — qui me permettra de donner au corps de sir John Printermont une sépulture honorable.

Miss Emmy avait parlé comme une reine. Nul des deux prétendants n'osa répliquer; ils admi-

raient silencieusement la résolution énergique de la
jeune fille.

Lorsqu'ils se furent retirés, M. Montbrichard
prit dans ses longues mains osseuses les mains
pâles et fines de miss Emmy.

— Vous avez parlé comme il fallait, ma chère
enfant; vraiment, je vous admire. — Et il ajouta
malicieusement : Mais si c'est moi qui sauve votre
père?

— Eh bien ! vous serez mon époux, je n'ai qu'une
parole.

Le vieux savant éclata de rire.

— Vous n'y songez pas? Je pourrais être votre
grand-père. Rassurez-vous, je ne me mets pas sur
les rangs, seulement je me réserve le droit de céder
mon tour à un candidat de mon choix. Devinez?

— Ma foi, je ne sais pas.

— Que diriez-vous de Georges Dalcester?

Emmy devint très rouge, puis d'un ton un peu
brusque :

— Vraiment, dit-elle, il ne faut pas me parler
de la sorte. J'ai toujours été très franche; certes,
je préfère de beaucoup le lieutenant Dalcester à
mon cousin Chapman, mais vous m'entendez bien,
je ne sacrifierai jamais mes sympathies à mon
devoir. Je donnerai ma main à celui qui sauvera
mon père.

CHAPITRE VII

Dès lors miss Emmy ne donna plus aucun signe
de faiblesse. Depuis cet entretien décisif, on eût
dit qu'elle avait hérité du sang-froid méthodique
et de l'esprit d'organisation de son père. Elle décida
que le chemin de fer qui rejoint la ligne de Patna
à Calcutta était trop lente et surtout incommode;
les bagages seulement furent dirigés par cette voie
et il fut convenu avec le capitaine Chapman, son
fils et Georges Dalcester, qu'elle attendrait le départ de l'expédition sur la frontière même du pays
d'Assam, à la bouche du Brahmapoutra. Elle devait
s'y rendre en automobile. M. Montbrichard, un

peu tatillon de sa nature, fut surpris de la rapidité avec laquelle ces décisions furent prises et exécutées. Il croyait rêver et, lorsqu'il se trouva confortablement assis aux côtés de miss Emmy, dans une « soixante chevaux » qui faisait du cent dix à l'heure, il poussa un soupir mélancolique Sur la banquette d'arrière, la petite Kate et le fidèle Goatimou étaient assis d'un air digne.

A droite, à gauche fuyaient avec rapidité des forêts de cocotiers et de canneliers en fleurs, dont les différents feuillages couverts de rosée s'irisaient aux rayons du soleil levant.

Des volées d'oiseaux chantaient, piaulaient et jacassaient dans les branches : les aras au bec jaune, les bengalis, les paons, les faisans sauvages et les hérons. Les serpents d'arbres étiraient leurs corps bruns et tachetés et poursuivaient les rats palmistes jouant et sautant de rameau en rameau, de liane en liane jusqu'au sommet des plus grands arbres. Puis, c'étaient des singes grimaciers, accrochés par le bout de la queue à de fragiles baguettes et qui se réfugiaient en gambadant vers les profondeurs de la jungle.

De temps à autre, un tigre traversait la route ou bien un boa déroulait lentement ses anneaux dans la poussière.

Alors le chauffeur poussait la roue directrice vers la troisième vitesse, faisait retentir les sonores appels de sa trompe et la course vertigineuse continuait. Tout à coup apparaissait un village hindou avec ses huttes de paille, ses grands figuiers banians et quelquefois la croix de fer doré d'un temple protestant qui brillait dans la verdure des cocotiers. Et la forêt vierge recommençait ou la jungle avec ses grands roseaux bruissant. Des escarpements jaillissaient avec leurs roches rouges étincelantes de mica. Une minute encore et c'étaient les ruines majestueuses d'un temple dont la façade était supportée par des centaines d'éléphants taillés dans le granit et dont les trompes s'abaissaient avec une résignation respectueuse. Des palmiers avaient pris racine dans la pierre des balcons et remplaçaient de leur feuillage les étendards de soie des radjahs défunts.

— Arrêtons-nous, s'écriait M. Montbrichard émerveillé.

— Non, ce n'est pas possible, objectait doucement miss Emmy.

Et la course vertigineuse continuait.

Maintenant, c'était un grand marécage où des buffles barbouillés de boue venaient s'abreuver en reniflant. Des crocodiles verruqueux et pareils à des troncs d'arbres somnolaient dans des hautes herbes ; des flamants roses s'envolaient et tout un vol de grues cendrées, de butors et de canards sauvages mêlait ses cris nasillards au *breuletlex coax* des grenouilles géantes.

Des éléphants sauvages broutaient avec délices des cannes à sucre et des plants de tabac. C'était — un instant aperçu dans un rayon de soleil — un cottage anglo-saxon, résidence d'un ministre ou d'un officier, avec ses briques rose clair, sa petite véranda, son parterre et son jet d'eau.

— Ah ! un fleuve, le Gange ! Le Gange sacré ! s'écrie M. Montbrichard.

Un pont aux ogives menues, aux tourelles fleuries, d'une élégance extraordinaire, le traverse.

Déjà, le Gange et ses eaux bleues ne sont plus qu'un souvenir dans le lointain. La jungle est devenue plus drue, la forêt plus épaisse. De grands cèdres noirs jettent leur ombre sur la route. Les bananiers étalent des feuilles d'une largeur inusitée, et M. Montbrichard se rappelle, non sans émoi, que le bananier, d'après les livres indiens, suffit à la vie entière de l'homme. Ses fruits le nourrissent, son tronc et ses feuilles lui donnent une habitation et des vêtements, sa racine est un remède dans beaucoup de maladies, et son grand feuillage déployé lui est encore un linceul confortable.

— Vous oubliez encore, dit miss Emmy distraitement, que l'on tire des régimes de bananes un excellent alcool. Décidément, c'est un arbre complet.

Elle se tut. L'automobile escaladait une montée

vertigineuse. Une étroite coulée entre des rochers
à pic où de vieux chênes-lièges et des palmiers ra-
bougris se balançaient dans les crevasses, s'enfon-
çaient pour ainsi dire jusqu'au cœur de la montagne,
offrant tour à tour à nu les diverses couches géolo-
giques et, comme l'a dit Théophile Gautier, l'ana-
tomie du globe. Le froid était glacial. M. Montbrichard toussotait; Emmy elle-même, sous la pelisse
dont Kate l'avait revêtue, frissonnait. Plus d'arbres,
plus de buissons, des rocs stériles. De temps à autre,
un aigle roux tachait le bleu du ciel de ses ailes
larges ouvertes.

Deux heures s'écoulèrent ainsi, puis, soudainement, l'automobile dégringola avec la rapidité d'un
train-éclair vers une plaine immense et verte comme
une mer.

Le parfum capiteux du chanvre et de l'opium
assaillait les narines comme une provocation à la
paresse et au sommeil. Des champs de blé s'inclinaient, appesantis par leurs épis trop lourds. Les
grands figuiers s'abaissaient vers la terre et chacune
de leurs branches était la racine d'un nouvel arbre.
Des rizières étendaient comme des plaques d'or
autour des petits ruisseaux qui serpentaient en
fils d'argent. Et les cocotiers lourds de leurs fruits
se penchaient vers la terre.

— La voilà ! s'écrie M. Montbrichard avec enthousiasme; la voilà bien la terre promise ! Et il
commença à citer du Virgile.

— *Nimium felices bona si sua norint agricolas...*
Mademoiselle continua-t-il avec feu j'ai fait une
traduction de Virgile qu'un compositeur de mes
amis a bien voulu mettre en musique. Et il fredonna:

> C'est trop heureux un cultivateur,
> Ça ne connaît pas (*bis*)
> Ça ne connaît pas son bonheur.

— Préférez-vous du Buffon? c'est encore mieux.

> La plus belle conquête,
> Que l'homme ait jamais faite,
> C'est celle du cheval,
> Ce superbe animal...

. . . .

M. Montbrichard continua longtemps ainsi. Il parlait encore que déjà la fertile vallée, semée de petits villages aux maisonnettes de paille et de tuiles rouges avait disparu. C'était maintenant la jungle dont les roseaux deux fois hauts comme un homme, abritent les tigres, les serpents et les crocodiles.

On fit halte, au moment où la chaleur commençait à devenir insupportable, près de la demeure d'un *babou*, ou riche Hindou, qui se mit obligeamment à la disposition des voyageurs.

D'excellent *kary*, un pilaw de mouton et un délicieux ragoût de crabes de rivière, au safran, composèrent le menu du déjeuner.

Après une petite sieste, on repartit à toute allure. Ce soir-là, les voyageurs couchèrent dans un petit village au nord de Patna, où, grâce à l'obligeance des fonctionnaires anglais qui habitaient le pays, miss Emmy put passer une nuit à peu près confortable.

La journée du lendemain fut, à peu de chose près, la répétition de celle de la veille : mais, vers le soir, après avoir traversé une forêt de tecks, de bambous-géants et de tamariniers, on se trouva en vue des tentes d'un camp anglais installé non loin du Brahmapoutra, sur une éminence ombragée de grands arbres.

Les troupes de Bénarès n'étaient pas encore arrivées, il n'y avait là que les contingents des troupes indigènes venues de Calcutta. Mais la concentration se faisait avec beaucoup de rapidité; tantôt arrivait un troupeau d'éléphants traînant à grand bruit des pièces d'artillerie et des caissons, tantôt un détachement de cipayes au teint noir, tout fiers de leur uniforme neuf; et c'était le va-et-vient incessant des fourgons de vivres et de munitions, l'appel des tambours mêlé à l'aigre chanson des cornemuses.

Miss Emmy, grâce à la recommandation du capitaine Chapman, s'était logée, elle et toute sa suite, chez un ministre du culte anglican, le révérend Toby Harrison, qui fit à la jeune fille l'accueil le plus empressé.

Dans la modeste habitation du pasteur, ce n'était plus le luxe royal du palais de Bénarès, mais le confortable n'y laissait rien à désirer. De plus, la présence de l'armée anglaise faisait affluer en abondance les vivres de toutes sortes dans ce village perdu.

Deux jours s'écoulèrent qui parurent très longs à miss Emmy. Elle bouillait d'impatience, elle aurait voulu que l'armée fût déjà en marche. L'atmosphère de fièvre et de tumulte qui régnait autour du campement anglais finissait par la gagner et par agir sur ses nerfs impressionnables.

M. Montbrichard lui-même, en dépit de son âge et de son tempérament flegmatique, était rempli d'impatience. Le petit village de Siya, où il se trouvait, offrait des environs superbes, les points de vue grandioses y abondaient ainsi que les ruines curieuses; mais le vieux savant n'y prêtait aucune attention; il passait toutes les heures près de miss Emmy, qu'il était venu à aimer comme si c'eût été sa propre fille, ne la quittant que pour courir au bureau du télégraphe ou pour rédiger hâtivement ses notes de voyage.

Enfin, vers le soir du second jour, on signala la présence du détachement commandé par le capitaine Chapman et dont faisaient partie Harry Chapman et Georges, ainsi que le brave sergent Mac Dunlop.

Emmy revit ses amis avec plaisir, mais elle eut aussi beaucoup de joie à retrouver son vieil ami, l'éléphant Bakaloo, qui avait fait une partie de la route dans un wagon spécialement aménagé et qui arrivait à la suite du détachement.

A la vue de sa maîtresse, Bakaloo fit retentir un barrissement de joie; il enlaça sa trompe autour de la taille de la jeune fille et la souleva de terre.

Il était aussi en excellents termes avec M. Montbrichard, qui le gorgeait de petits gâteaux, de morceaux de canne à sucre, de petits pains et autres menues friandises.

Il permettait au lieutenant Georges de le caresser; mais il faisait preuve envers les Chapman, père et fils, d'une grande froideur. Ils avaient beau le combler de présents, il les acceptait en éléphant bien élevé, dodelinait poliment de la trompe pour remercier, mais il se retirait avec méfiance chaque fois qu'ils voulaient le caresser; il remuait ses vastes oreilles et clignait de l'œil comme s'il eût voulu dire :

— Oui, c'est entendu, nous sommes très bien ensemble, mais faites attention; vous ne m'inspirez pas confiance et je vous surveille.

Il avait d'ailleurs été décidé que Bakaloo porterait sur son dos miss Emmy, Kate et M. Montbrichard pendant toute l'expédition; et c'était certainement la manière la plus sûre et la plus commode de voyager dans ce pays sans routes.

Emmy aurait désiré que l'armée que commandait le capitaine Chapman se mît en route le jour même; mais malgré toute la promptitude avec laquelle avaient été faits tous les préparatifs de l'expédition, il était nécessaire de passer encore au moins trois jours dans ce village de Siya, situé à la limite des épaisses forêts vierges qui couvrent le pays d'Assam. Il fallait que les vivres et les munitions fussent au complet.

Ce furent pour miss Emmy trois mortelles journées d'angoisse. Elle trouvait qu'on n'en finissait pas, qu'on n'allait pas assez vite, que les jours succédaient aux jours sans amener aucun résultat. Elle, si calme d'ordinaire, si maîtresse d'elle-même, était devenue agacée et nerveuse.

— Vraiment, dit-elle au capitaine Chapman, je ne sais pourquoi nous sommes si fiers de la puissance et de la richesse de notre pays. Voici qu'il a fallu presque une semaine pour réunir quelques régiments; je ne comprends rien à cette lenteur.

Chapman répondait en souriant :

— Mais, ma chère cousine, vous parlez comme une véritable enfant gâtée, à laquelle on a toujours obéi docilement et dont on n'a jamais contrarié les caprices les plus singuliers ! Croyez-vous que ce soit une petite affaire que de pourvoir à la nourriture, à l'habillement et à la sûreté de deux mille soldats, dans un pays hostile et presque inconnu? Je trouve, moi, au contraire, que nous allons très vite.

— Vous ne savez pas combien je souffre ! Chaque journée que nous passons ici augmente mes craintes.

— Un peu de patience, ma cousine ! Vous allez me voir à l'œuvre dans quelques jours, je vous en donne ma parole de citoyen anglais et d'officier; je ramènerai votre père ou j'y mourrai.

La veille du départ, pour fournir un dérivatif à la nerveuse impatience de miss Emmy, Georges Dalcester et Harry Chapman vinrent la chercher pour faire une excursion dans la forêt voisine du camp, où se trouvaient les ruines monumentales d'une pagode.

On partit à pied, protégé contre l'ardeur du soleil par l'épaisse verdure des cèdres géants, sous l'ombrage desquels il régnait une fraîcheur délicieuse. Naturellement, M. Montbrichard était de la partie et Goatimou suivait à quelque distance, à califourchon, comme Sancho Pança, sur une mule chargée de provisions destinées à la collation champêtre.

Le commencement de l'excursion fut charmant. Le sol était couvert d'un épais tapis de mousse; une paix et un silence merveilleux tombaient des hautes voûtes de verdure; les chants des oiseaux, le bourdonnement des insectes, les soupirs du vent dans les feuilles formaient un concert inimitable. De temps à autre on arrivait à une clairière où quelque mare, abreuvoir des gazelles, était couverte de fleurs au-dessus desquelles voletait tout un monde d'insectes, couleur d'or et d'émeraude. Les grands nymphéas balançaient leurs grandes corolles blanches à côté des bambous frissonnants et des joncs en fleur; et tout autour, c'était comme l'explosion d'un feu d'artifice végétal; les arbres s'inclinaient sous le poids des fleurs, de grandes lianes s'accrochaient partout et des milliers de perroquets jacassaient sur les branches, empressés à recueillir les noix et les fruits de toutes sortes que laissaient tomber les singes. Des paons couleur d'or bleu s'envolaient, pareils à de vivantes pierreries.

C'était la vie dans une surabondance presque folle.

Sous chaque feuille, il y avait un oiseau; sur chaque fleur, un papillon; sous chaque pierre, un reptile; des gazelles bramaient doucement dans les buissons.

Miss Emmy respirait avec délices cette atmosphère embaumée et fraîche; elle cueillait des fleurs comme un enfant et elle savoura avec délices le petit citron sauvage, encore vert, que Georges lui avait atteint en cassant la branche même de l'arbre, couverte de fleurs et de fruits.

On arriva aux ruines après trois quarts d'heure de marche.

C'était toute une ville qui dormait là, comme ensevelie sous les végétations parasites. Les balcons sculptés des hauts palais, les colonnes de granit aux chapiteaux compliqués, les lourds frontons des temples, les statues des dieux, tout cela était en train de disparaître, de rentrer lentement dans le sol boueux de la jungle, d'où le pouvoir et l'or des radjahs et des brahmes l'avait fait jaillir, il y a bien longtemps. Des nuées de lézards se jouaient sur les marches d'un palais, et un grand vautour, au col recourbé, s'était perché sur la statue colossale de Vichnou. Dans les mains étendues du dieu, des plantes avaient poussé, des lianes vivaces recouvraient sa figure vénérable; des arbres avaient grandi auprès des colonnes de marbre, qu'ils semblaient étayer. Le réservoir du palais pullulait de petits alligators qui frétillaient en cherchant à happer les rats musqués.

On fit halte, dans une salle de marbre encore presque intacte et aussi fraîche qu'une grotte. Le couvert fut dressé sur un des tronçons de colonne, et l'on savoura avec insouciance un faisan assaisonné à l'inévitable kari, des beignets aux fruits et des boissons glacées.

Goatimou avait allumé un feu de broussailles et l'eau du café chantait dans une tizelle de cuivre.

La conversation était devenue très animée. On discutait les diverses chances de succès de l'expédition. Chacun émettait son hypothèse sur le sort du colonel.

— Il est certainement vivant, dit Harry Chapman.

— Pour moi, cela ne fait pas l'ombre d'un doute, fit Georges. Le radjah, si fier qu'il soit de ses premiers succès, a tout intérêt à garder des otages d'importance.

— Dieu veuille que vous ayez raison, dit miss Emmy en soupirant.

Elle n'acheva pas sa phrase, elle demeura comme figée de stupeur, et dans la direction de son regard tous aperçurent un tigre énorme qui, ramassé sur ses pattes, la langue pendante, s'avançait à pas de velours, sur la crête d'un vieux mur, comme prêt à choisir sa victime parmi les convives. Il n'était plus qu'à quelques mètres du festin et l'on distinguait les moindres détails de sa fourrure d'or striée de noir, jusqu'à ses moustaches relevées en croc d'un air menaçant.

D'ailleurs, il ne semblait nullement intimidé. Il avançait toujours de la même marche sinueuse, s'étirant longuement, et faisait ondoyer sa queue.

Personne ne cria; seulement Harry Chapman et Georges sautèrent sur leurs carabines. Goatimou se sauva à toutes jambes. M. Montbrichard se précipita au-devant d'Emmy pour lui faire un rempart de son corps.

Le tigre ne s'était pas ému, il continuait à côtoyer la crête du vieux mur avec une tranquillité parfaite.

Par un hasard que Georges Dalcester ne s'expliqua que bien longtemps après, sa carabine était déchargée. Il y glissa rapidement deux cartouches à balles explosives. Mais déjà Harry Chapman avait visé l'animal et le tigre, atteint derrière l'oreille, venait tomber, en poussant un effroyable rugissement, à quelques pas de miss Emmy qu'il éclaboussa de sang. Dans son agonie, le superbe animal griffait les pierres. Tout son poil était hérissé. Dans un rictus mortel, il découvrait une formidable rangée de crocs.

Harry Chapman, s'armant de son revolver d'ordonnance, l'acheva d'une balle dans l'œil. Les membres du tigre s'agitèrent d'une suprême convulsion et il mourut avec une dernière et lamentable plainte. Ce drame n'avait pas duré cinq minutes. Miss Emmy, qui maintes fois, en compagnie

de son père, avait assisté à des chasses au tigre, se
remit vite de son émoi. Tout le monde entoura le
sous-lieutenant Chapman et le félicita; Georges
Dalcester lui serra la main avec effusion et M. Montbrichard, dont Emmy seule avait remarqué le silencieux dévouement, déclara qu'il allait le proposer
pour un prix à la Société d'Encouragement au Bien.

Goatimou, revenu de sa frayeur, servit d'excellent
café, puis l'on but une coupe de tisane, — produit
français par excellence, fit observer M. Montbrichard, — à la santé du héros de la journée.

Goatimou, armé d'un kandjar affilé, eut vite fait
de dépouiller l'animal de sa magnifique fourrure.
Puis l'on reprit en toute hâte le chemin du camp.
Déjà l'azur du ciel se faisait plus sombre et de
grands nuages couleur de cuivre rouge et de lilas
montaient du côté de l'Occident.

On avait à peine quitté les ruines lorsque deux
Hindous, richement habillés de *kaschmyr* blanc, les
doigts chargés de bagues, une aigrette de diamants
à leur turban de mousseline, croisèrent la petite ca-
ravane.

En apercevant la peau du tigre dont Goatimou
avait chargé le mulet, ils poussèrent une exclamation de désespoir.

Harry Chapman devint très rouge, Georges Dalcester alla au-devant des deux nobles Hindous et
s'enquit courtoisement du sujet de leur émotion.

— Saëb, dit le plus âgé, le radjah de Siya, qui
a toujours été le fidèle ami de l'Angleterre, va concevoir un chagrin mortel. Bang, son tigre apprivoisé,
son favori, qui errait en liberté dans les villages et
que les enfants mêmes caressaient, a été traîtreuse-
ment assassiné par vous.

— Pardon, bégaya Harry Chapman... mais le
danger...

— Vous ne couriez aucun danger, dit mélanco-
liquement le vieil Hindou. Regardez plutôt. Bang
avait les griffes rognées et, s'il s'est approché de
vous, attiré par l'odeur du café, c'est qu'il espérait
certainement quelques morceaux de sucre.

Harry Chapman faisait piteuse mine. Emmy

contenait mal une violente envie de rire. Georges Dalcester se confondait en excuses; ce fut M. Montbrichard qui sauva la situation.

— Nobles Seigneurs, dit-il, nous regrettons, comme vous, la fatale erreur dont l'infortuné Bang a été la victime. Mais confiez-nous sa peau pour quelques jours, je promets de le rendre à son maître savamment empaillé et presque doué de la vie. Il ne lui manquera que la parole.

Les Hindous se retirèrent satisfaits, faute de mieux, de cette promesse.

Harry Chapman bouda pendant tout le chemin qu'il restait à faire.

En arrivant au camp, leur surprise à tous fut extrême. La moitié des troupes avait pris les devants; les tentes étaient repliées, les éléphants et les mulets avaient entraîné l'artillerie. Il ne restait plus que l'arrière-garde.

Dans la cour de M. Harrison, l'éléphant Bakaloo était recouvert de son houdah tenu par d'énormes sangles. Le capitaine Chapman, en tenue de campagne, donnait des ordres. Son ordonnance menait en laisse un magnifique cheval arabe.

— Vous savez, dit-il, que j'ai reçu une dépêche du vice-roi. Nos troupes sont en marche et ne feront halte qu'au lever du jour. Le lieutenant Dalcester et le sous-lieutenant Chapman vont rejoindre leur poste. Quant à vous, ma chère cousine, votre éléphant vous attend. Le houdah qu'il porte a été disposé de façon que vous y puissiez dormir. D'ailleurs, vous pourrez vous reposer demain toute la journée.

On apporta une légère échelle de bambou. Le vieux cornac Matoo monta sur la tête de l'éléphant, miss Emmy prit place avec sa suivante Kate et M. Montbrichard sur les coussins du houdah, et l'on partit, sans perdre un instant. La nuit était tombée, il ne restait plus du camp que quelques feux épars qui s'éteignaient dans l'ombre bleue.

Bakaloo se mit à galoper à la suite des caissons d'artillerie, rythmant sa marche sur la cadence lointaine des cornemuses et des fifres.

DEUXIÈME PARTIE

CHAPITRE PREMIER

Le vice-roi des Indes avait fait des sacrifices considérables pour que l'expédition dirigée contre le radjah Khamda Saïb, prince d'Assam, fût outillée et armée de façon tout à fait supérieure et moderne. Un second échec des Anglais se fût répercuté dans l'Inde entière et eût eu peut-être les plus graves conséquences.

Aussi, aucune précaution n'avait été négligée. L'expédition était amplement pourvue de canons revolvers système Maxim, de mitrailleuses automobiles, sans compter une vingtaine de ces canons démontables en trois pièces que des mulets peuvent transporter et dont les Américains ont pour la première fois fait usage dans la guerre des îles Philippines. En outre une équipe d'aérostiers emmenait un ballon et tout un jeu de cerfs-volants munis d'appareils photographiques destinés à relever les positions de l'ennemi.

Quant au service des approvisionnements il était organisé presque luxueusement. Des centaines de mulets étaient chargés de conserves de viande, de bouteilles de liqueurs, de thé, de café, de sucre et de médicaments.

Cependant, d'après les dispositions prises par le capitaine Chapman, on touchait le moins possible à ces réserves qui pouvaient devenir précieuses par la suite. Mais chaque village que l'on traversait était frappé d'une contribution en nature et tenu de fournir des subsistances.

Par une innovation assez intéressante et dont le capitaine Chapman se montrait fier, un corps de

chasseurs avait été organisé. Une centaine de Highlanders choisis parmi les plus habiles tireurs et
pourvus de cartouches à balles dumdum s'égail-
laient autour du corps principal et faisaient une
guerre acharnée au gibier qui abonde dans les forêts
vierges du pays d'Assam. Sitôt une pièce tuée, les
coolies qui accompagnaient les chasseurs la dépouil-
laient, la chargeaient sur une mule et la transpor-
taient au camp.

C'était par charretées que le gibier de poil et de
plume arrivait chaque soir.

Des pêcheurs munis de sennes et d'éperviers
draguaient les cours d'eau et les étangs. Pendant
les trois premiers jours de marche on n'eut pas
besoin de toucher aux conserves.

C'était un tableau digne de Rabelais que la distribution de ces immenses amas de victuailles aux
troupes anglaises. Georges Dalcester se fit un plaisir
d'y faire assister miss Emmy et le docte Anatole
Montbrichard.

Le camp était installé dans une vaste clairière
entourée de vieux baobabs. Le tronc de quelques-
uns avait une trentaine de mètres de circonfé-
rence. De toutes parts les feux de bivouac trem-
blotaient rouges dans la nuit bleue. La voix des
cornemuses sous les arceaux solennels de ces cathé-
drales d'éternelle verdure retentissait mystérieuse
comme le cor du nain Oberon et parmi tout le
tumulte des soldats, parmi les cris, les mugisse-
ments et les hennissements des bêtes de trait, le
silence auguste de la nuit s'installait peu à peu.

Le gibier et les poissons avaient été entassés sur
une vaste place carrée autour de laquelle se trouvaient les tentes des officiers. Des grands brasiers
où les Highlanders jetaient de temps en temps des
monceaux de branches éclairaient un spectacle
digne de faire rêver Gargantua ou le géant Gou-
liaphre lui-même.

Au centre, des moutons, des chèvres sauvages, des
bouquetins de l'Himalaya et des antilopes mêlaient
leurs pelages gris, fauves ou tachetés à côté de
buffles encore recouverts de la couche de boue

desséchée où ils se vautraient au moment de leur mort. Le daim aboyeur, le cerf *Sambar* et l'âne sauvage étaient étendus pantelants près des ours noirs et gris, des tigres et des singes. On eût dit que toutes ces bêtes sommeillaient et qu'elles allaient se réveiller, la corne ou la griffe en avant, pour se perdre dans la profondeur des bois. Un Cingalais de taille gigantesque, aux bras de bronze noir, enlevait avec dextérité la fourrure d'un tigre pendu par les pattes de derrière aux basses branches d'un palmier talipo.

Tout près de là, on déchargeait des mulets pliant sous le fardeau d'une foule d'oiseaux au plumage brillant; c'étaient des paons blancs aux reflets de clair de lune, des ibis aux longues pattes, des coqs de jungle vert et or, des faisans, des sarcelles, des canards, des dindons sauvages et plusieurs variétés de perdrix.

A la lueur changeante des torches et des brasiers tous les plumages se teignaient de tons mordorés, jetaient des yeux comme le rubis et l'opale.

— Regardez, dit tout à coup Georges Dalcester.

Miss Emmy et M. Montbrichard aperçurent une multitude de vautours aux pieds jaunes, d'aigles et de faucons qui tourbillonnaient dans le ciel, formant presque un nuage au-dessus du camp.

— Heureusement, dit M. Montbrichard, que toute cette venaison va être promptement distribuée; sans quoi je crois qu'il serait difficile de la défendre contre ces pillards aériens.

— Mais regardez donc les poissons, s'écria miss Emmy.

Il y en avait un prodigieux amas. Entassés sur une litière de palmes vertes et de feuilles de bambous, la plupart frétillaient encore et leurs ventres couleur de perle, semblaient phosphorer dans la pénombre. Il y en avait d'énormes à larges écailles, avec des têtes stupides, d'élégants avec des nageoires en forme d'ailes, d'autres qui rampaient comme des serpents, en cherchant à se faufiler dans l'herbe humide, d'autres encore tout plats, mais hérissés de piquants et de tentacules avec des gueules

3

hideuses comme les monstres d'une estampe japo-
naise. Il y avait même tout un tas de crevettes de
rivière sautillantes et blanches et de gros crabes
de terre qui achevaient de dévorer des débris de
noix de coco dans le panier où on les avait entassés.

M. Montbrichard reconnut avec plaisir un certain nombre de poissons d'espèce européenne, entre
autres des saumons et des truites.

Tout à coup, le son des fifres et des tambours
retentit. Chaque compagnie avait délégué quatre
hommes et un sergent. Harry Chapman, un carnet
à la main, procédait à la distribution. Les soldats
chargeaient les pièces de gibier sur des brancards
de feuillage et les emportaient vers leurs bivouacs
respectifs. En un clin d'œil, il ne resta rien du mons-
trueux entassement. Partout le camp n'était plus
qu'une vaste cuisine; partout les soldats, les bras
nus et ensanglantés, écorchaient les animaux; ailleurs, des escouades entières plumaient des oiseaux
ou vidaient des poissons dont les détritus étaient
immédiatement dévorés par les vautours.

Des quartiers de viande rose tournaient devant
des brasiers, enfilés à des baguettes. La brise du soir
se chargeait d'une bonne odeur de rôti; le parfum
poivré du kary s'échappait des marmites. Puis, des
coolies passèrent, portant de groupe en groupe des
bidons remplis de thé bouillant, d'autres roulaient
de petits tonneaux de whisky ou éventraient des
caisses de tabac de Richmond et de cigares de
Dindigul.

On n'eût jamais dit un camp, mais plutôt une
vaste ripaille.

M. Montbrichard était dans l'admiration.

— Bien des rentiers de mon pays, s'écria-t-il,
ne mangent pas comme le dernier de vos soldats.

— C'est un tort, répondit le capitaine Chapman
avec orgueil, l'Angleterre a les moyens de bien
nourrir ses soldats. Aussi, voyez quel excellent effet
moral produit sur les troupes une alimentation confortable. Nous sommes en plein pays ennemi et les
soldats sont gais, joyeux, bien reposés, ils ne deman-
dent qu'à se battre.

Miss Emmy et M. Montbrichard dînèrent, ce soir-là, à la table des officiers, dressée en plein air sous les arbres, et ce ne fut pas un des moindres étonnements du savant, de voir que le menu, servi dans de la porcelaine de Chine, avec des couverts en vermeil et des cristaux à filets d'or, était aussi recherché que si l'on se fût trouvé à Londres ou à Paris et non en pleine forêt vierge.

Les fifres et les tambours avaient depuis long-temps sonné la retraite, que les officiers, servis par des lads, impeccablement vêtus de noir, savouraient encore des boissons glacées tout en discutant, autour d'une vaste carte d'état-major, piquée de petits drapeaux bleus et rouges.

Miss Emmy et M. Montbrichard s'étaient retirés de très bonne heure. Georges Dalcester tint à les accompagner jusqu'aux tentes qu'ils occupaient dans l'arrière-garde. Avec ses tentes immobiles, éclairées par la lune — non pas l'astre mélancolique et bleu de nos pays du Nord, mais une lune écla-tante et radieuse, comme un bouclier d'or, au milieu des draperies flottantes des nuages d'argent, der-rière lesquels elle se dérobait de temps à autre — le camp avait l'air d'un étrange cimetière où les sen-tinelles, vêtues de blanc et impassibles comme des statues, ressemblaient à des fantômes.

On longea le parc d'artillerie où, derrière les canons luisants et noirs, une trentaine d'éléphants étaient alignés, devant des brassées de fourrage vert.

L'air était d'une douceur admirable, une brise légère et fraîche apportait le parfum des vétivers et des lauriers-roses. Les feuillages se couvraient de larges gouttes de rosée.

Miss Emmy et ses amis goûtaient en silence la beauté de cette calme nuit.

Aucun d'entre eux n'avait la moindre envie d'aller se coucher. Le lieutenant Dalcester fut obligé de rappeler à la jeune fille que l'armée devait se mettre en marche de très bonne heure le lendemain matin, et qu'il était prudent de se reposer.

Auparavant, Emmy voulut aller voir son cher

Bakaloo, pour qui elle avait mis de côté quelques friandises. L'éléphant, confié depuis le commencement de la campagne aux soins d'un jeune cornac cingalais très sérieux et très dévoué nommé Kalinga, était installé tout près de la tente de sa jeune maîtresse.

Miss Emmy caressa Bakaloo, lui parla et s'assura qu'il était en excellente santé, puis elle s'entretint pendant quelque temps en langue tamoul avec le cornac.

— Je ne sais ce qu'a, ce soir, Bakaloo, dit Kalinga, mais il a l'air inquiet, il barrit en aspirant l'air avec force, il se démène, comme s'il soupçonnait la présence d'une ennemi invisible. Il y a un quart d'heure, il semblait en proie à une violente colère; j'ai eu toutes les peines du monde à le calmer.

— Bah ! fit le lieutenant Dalcester, je crois qu'il ne faut pas s'inquiéter outre mesure, les éléphants ont l'odorat très subtil, Bakaloo aura sans doute senti dans le voisinage la présence de quelque tigre ou de quelque panthère.

Kalinga souhaita chaleureusement le bonsoir à sa jeune maîtresse en appelant sur sa tête les bénédictions de Vichnou et de la déesse Sita. Miss Emmy prit congé de ses amis au seuil de sa tente.

— Vous verra-t-on demain? demanda-t-elle au lieutenant Dalcester qui s'inclinait respectueusement.

— Certainement, Miss.

— Mais à quelle heure?

— Demain soir seulement. Toute la journée, comme aujourd'hui, je commande le détachement de chasseurs.

— Alors, bonne nuit et bonne chasse.

Resté seul, le lieutenant Dalcester alluma un cigare et se dirigea vers le mess des officiers.

Jusqu'ici, le voyage de miss Emmy s'était accompli dans les conditions les plus faciles et les plus agréables; Bakaloo avait reçu sur son dos un haoudah, retenu par de fortes sangles; surmonté d'un dôme à quatre colonnettes et garni de banquettes, où six personnes pouvaient prendre place. Les voyageurs y accédaient par une échelle de bambou. Derrière le haoudah était attaché un grand coffre rempli de provisions, de rafraîchissements et même de vivres. Enfin, Bakaloo portait encore son cornac Kalinga, assis entre ses deux oreilles.

Les fonctions du Cingalais étaient presque une sinécure, car c'était miss Emmy elle-même qui donnait ses ordres à Bakaloo en langue tamoul. Les éléphants, qui comprennent le sens d'un grand nombre de mots, se sont toujours refusés à entendre l'anglais. D'ailleurs, Bakaloo avait reçu une éducation exceptionnelle, il n'avait jamais été battu, et il n'avait pas au cou la plaie saignante que les cornacs au service de l'Angleterre entretiennent soigneusement pour piquer l'animal dans les occasions où il a besoin d'être stimulé.

La brutalité, d'ailleurs, ne réussit jamais avec les éléphants, qui sont doués d'une perspicacité rare — et d'une habileté peu commune.

Les exemples abondent.

A Sureta, des éléphants mâles avaient été dressés à scier des troncs d'arbres. La femelle passait toute la journée à souffler délicatement la sciure du bois avec sa trompe pour faciliter le travail. Et sitôt que le sifflet de l'usine annonçait la fin de la journée, elle s'interposait et faisait arrêter le travail, sans souffrir qu'aucun mâle continuât à scier une minute de plus.

A Calcutta, un éléphant avait pour cornac un ivrogne, déserteur des troupes françaises de la garnison de Chandernagor; un jour, le cornac avait acheté des noix de coco et, dans la paresse de descendre, il s'était amusé à briser la coque de la noix sur le crâne de l'animal.

L'éléphant ne fit pas mine de s'être aperçu de l'injure, mais le lendemain, à la même heure, il prit, à l'étalage du même marchand, une noix de coco dont il fracassa le crâne de son imprudent cornac.

Dans la même ville, un officier anglais employait un éléphant à pomper de l'eau dans un baquet. Pour mettre à l'épreuve la sagacité de l'animal, il glissa une pierre sous le baquet, de façon que l'eau s'écoulait à mesure qu'elle était versée; l'éléphant était condamné au supplice des Danaïdes. Après un quart d'heure de travail inutile, il s'arrêta et ôta la pierre.

J'ai, moi-même, lorsque j'étais en garnison à Bombay, été témoin d'un spectacle très curieux: l'entrepreneur des docks de cette ville possédait une douzaine d'éléphants qui travaillaient toute la journée à décharger des navires et accomplissaient, sans fatigue, le travail d'un millier de portefaix. Les éléphants, sans y être forcés par personne, arrivaient le matin sur le quai à l'heure exacte; le plus vieux d'entre eux répartissait les fardeaux d'une façon tellement équitable, qu'on n'eût pas trouvé la différence d'une livre anglaise entre le chargement de chaque animal, et jamais il ne dépassait, pour aucun de ses camarades, un poids convenu et, pour ainsi dire, marqué d'avance dans la mémoire mathématique des éléphants.

D'un commun accord, une heure avant le coucher du soleil, les éléphants partisans, certainement, de la journée de huit heures, abandonnaient le chantier et se rendaient processionnellement jusqu'au bureau de l'entrepreneur. Tour à tour et par rang d'âge, on leur délivrait une bouteille de mauvais alcool de riz. Ils saisissaient le flacon par le goulot avec leur trompe, l'absorbaient d'un trait et rentraient se coucher dans un ordre admirable, sans être guidés par aucun conducteur.

L'entrepreneur, qui avait eu la mauvaise pensée d'habituer ces pauvres animaux à l'alcool, essaya un jour de leur supprimer leur ration du soir. Les éléphants défilèrent dignement devant le guichet fermé et regagnèrent leur écurie sans récrimination; mais le lendemain, il fut impossible, par violence ou par douceur, de les faire travailler. Ils restèrent paresseusement couchés sur leurs litières et ne consentirent à se lever qu'à l'heure de la distribution quotidienne d'alcool, qui, ce soir-là, leur fut faite avec une générosité inaccoutumée.

Le matin, tous les pachydermes se trouvaient à

l'heure exacte sur le quai et embarquaient quelques milliers de balles de coton avec un zèle tout à fait digne d'éloges.

Je ne m'appesantirai pas sur cette anecdote, que tout le monde peut vérifier — l'équipe dont je parle est toujours en fonctions — si je n'avais pas à y ajouter une conclusion vraiment typique. L'un des éléphants de l'entrepreneur devint alcoolique; il volait des bouteilles de whisky à la devanture des bars, les enlaçait avec sa trompe en cassant le goulot d'un coup sec contre un mur, puis il en humait le contenu en se gardant bien d'en absorber les débris de verre. Plusieurs fois, il but à la terrasse des cafés le verre de gin de consommateurs inoffensifs.

L'entrepreneur, navré d'un pareil résultat, envoya l'éléphant à sa maison de campagne, lui fit injecter des sérums et réussit à le corriger. J'ai moi-même monté sur le dos de cet éléphant, qui se nommait Printila (c'est-à-dire le joyeux), il était entièrement guéri de son alcoolisme.

Miss Emmy connaissait de Bakaloo des traits plus extraordinaires. Un jour que, tout enfant, elle se promenait dans les jardins de son père, un serpent, un de ces redoutables trigonocéphales qui pullulent dans l'Inde, était aussi sorti d'un buisson. Avec la prestesse de l'éclair, Bakaloo avait enlacé la petite fille de sa trompe et l'avait assise sur son dos, toute tremblante de frayeur, puis, saisissant une grosse pierre, il avait broyé la tête du reptile. Une autre fois, alors que, tout à fait à ses débuts, il traînait des canons à la suite de sir John Printermont, un Anglais tomba sous les roues; il allait avoir la poitrine broyée, lorsque Bakaloo, soulevant l'affût de sa trompe d'un effort désespéré, permit au soldat de se relever sain et sauf.

Miss Emmy connaissait ces anecdotes et bien d'autres encore, elle citait parfois à M. Montbrichard, émerveillé, des choses stupéfiantes.

Le savant prenait des notes tout le long de la route et il avait déjà jeté le plan d'un ouvrage philosophique r l'âme des éléphants, qu'il se pro-

posait de parachever une fois rentré à Paris et de
présenter à l'Académie.

Cependant, malgré ces entretiens agréables qui
abrégeaient la longueur de la route, miss Emmy et
M. Montbrichard, déshabitués des préoccupations
actives et de la vie au grand air, fatigués aussi par
la fièvre du voyage et de l'inconnu, voyaient
chaque soir arriver l'heure du repos avec plaisir.

Ils dormaient encore à poings fermés, lorsque le
son des tambours les réveilla. L'armée se remettait
en marche, précédée d'un corps de pionniers, partis
dès minuit avec des lampes électriques portatives
et munis de sabres d'abatage, de haches et de cartouches de dynamite, grâce auxquels ils frayaient
à travers la forêt vierge un passage commode aux
troupes.

Jusqu'alors, on n'avait pas aperçu d'ennemis; les
villages que l'on rencontrait de temps à autre
étaient déserts et quelques-uns avaient été incen-
diés, soit par les habitants eux-mêmes; soit par les
troupes du colonel Printermont.

Cette journée parut d'une longueur désespérante
à miss Emmy. Un terrible orage s'amoncelait
au-dessus de la forêt, le ciel était devenu d'un blanc
livide; de gros nuages couleur de plomb et comme
barbouillés de cendre et d'encre, semblaient posés
sur la cime même des arbres. De sourds tonnerres
roulaient dans le lointain et l'on entendait retentir
le miaulement des tigres, exaspérés par la chaleur,
et le barrissement effrayant des éléphants sauvages.

L'armée avançait avec une pénible lenteur. Les
soldats anglais, gorgés, dès le matin, de viande et
d'alcool, souffraient cruellement de la température,
ils épongeaient à chaque pas leur front inondé de
sueur. Une dizaine tombèrent avant qu'il fût midi,
foudroyés par la congestion. A chaque minute on en
voyait se détacher de leur compagnie et se diriger
vers les voitures d'ambulances, appuyés sur leurs
fusils et trébuchant comme des gens ivres. Les
Écossais et les Irlandais, plus maigres et plus sobres,
et les cipayes, habitués au climat, supportaient

beaucoup mieux la redoutable épreuve d'un jour d'orage sous les tropiques.

Les animaux eux-mêmes donnaient des signes de lassitude et de frayeur. Les mules refusaient d'avancer, les chevaux hennissaient et se cabraient, les éléphants, agités et nerveux, poussaient des grognements sourds et n'écoutaient plus la voix de leur cornac. Ils s'arrêtaient fréquemment, la trompe en l'air, et reniflaient avec bruit la senteur de l'orage.

Dès onze heures, le capitaine Chapman dut ordonner une halte générale. Il décida que les troupes feraient la sieste jusqu'à quatre heures et qu'on ne reprendrait la marche que quand le soleil serait plus bas sur l'horizon.

Les tentes furent dressées sur un emplacement commode, dans une sorte de prairie traversée de petits ruisseaux et bordée de cannelliers. Çà et là, se dressaient de gros bouquets de bambous sauvages, des multipliants et des figuiers. On plaça des sentinelles, et bientôt tous les soldats, depuis les officiers jusqu'aux derniers coolies, furent étendus sur leurs lits, plongés dans une prostration accablante.

M. Montbrichard seul ne pouvait dormir. Il s'assit aux pieds de Bakaloo, qui faisait retentir des grognements plaintifs, et essaya de se rafraîchir en mangeant de petits citrons sauvages verts et ronds comme de grosses noix, qu'il avait cueillis en passant.

Le ciel était devenu couleur de cuivre et, à certaines places, des nuages d'un noir opaque faisaient une véritable nuit sur la forêt. Tout à coup, un formidable coup de tonnerre ébranla les profondeurs du ciel, puis ce fut comme si des milliers de canons déchaînaient tous à la fois leurs voix de bronze. Des éclairs géants zébraient l'étendue. Le camp tout entier était entouré d'un halo d'électricité blafarde. Un cèdre de plus de cent mètres de hauteur, frappé par la foudre, vola en éclat avec un sinistre fracas. Un caisson de lyddite fit explosion. Les soldats se réveillaient en criant. Tous les animaux du camp, les chiens, les chevaux et les éléphants, poussaient des gémissements d'angoisse·

Les officiers perdaient la tête. Le capitaine Chapman était désespéré. Tout à coup, le tonnerre cessa de gronder; les nuages, plus noirs, firent peser sur la forêt une obscurité complète. La pluie commençait à tomber, non pas la pluie éternelle et mélancolique, qui tend ses toiles fines, ainsi qu'une araignée morose, sur nos ciels de brume et de rêverie de la Bretagne et de l'Écosse, mais la pluie torrentielle et diluvienne des contrées équatoriales, une pluie dont chaque goutte est un seau d'eau et qui déverse des torrents, des trombes, des fleuves entiers sur le pays où elle s'abat. Les ruisseaux de la prairie avaient rejoint leurs ondes comme pour un nouveau déluge. Les soldats avaient de l'eau jusqu'aux genoux, plusieurs Highlanders faillirent être noyés : les tentes dont la toile n'était plus retenue par les piquets déracinés s'effondraient et flottaient à l'aventure; des mulets et des chevaux se sauvaient à la nage.

Heureusement, le capitaine Chapman, après un premier moment d'affolement, fit preuve d'un grand sang-froid. Sur son ordre, les fifres et les pipers des régiments se massèrent sur une colline qui dominait l'inondation et rallièrent les soldats. Des escouades de cipayes, entièrement nus, procédèrent au sauvetage du matériel et des tentes. Au bout de trois heures d'un travail acharné, le campement se trouvait reconstitué presque intact sur la hauteur. Sauf des balles de sucre et de thé, quelques caissons de lyddite et un certain nombre de mules et de chevaux, les pertes se réduisaient à peu de chose. Le seul désastre vraiment sérieux fut la destruction irrémédiable des appareils de télégraphie sans fil et du matériel aérostatique, malheureusement placés dans l'endroit le plus marécageux de la vallée et qui avaient été emportés dès le commencement de l'orage. La pluie avait cessé; avec la rapidité d'un changement à vue, le ciel était redevenu bleu. Un soleil éclatant pompait les eaux, qui montaient en colonnes de vapeurs épaisses comme une fumée et irisées de tous les tons de l'arc-en-ciel.

Au début du cataclysme, miss Emmy, M. Mont-

brichard et leur suite avaient pris place dans le
haoudah de Bakaloo qui les avait, en quelques en-
jambées, transportés au sommet de la colline où
ne tardèrent pas à les rejoindre les autres éléphants.

Le capitaine Chapman offrit à la jeune fille l'abri
de sa tente qui avait été construite une des premières. De toutes parts, on travaillait activement;
grâce à l'ordre et à la discipline, le camp reprenait
petit à petit l'aspect qu'il avait avant la catastrophe. Mais la jeune fille, à peine remise de ces
terribles émotions, était plongée dans une inquiétude mortelle au sujet de Georges Dalcester. Depuis
le matin, on n'avait aucune nouvelle du lieutenant
et du détachement des chasseurs qu'il commandait; aucun coolie n'était venu apporter de pièce de
gibier.

Le capitaine Chapman, consulté, pensa que le
lieutenant et ses hommes, surpris par l'orage,
n'avaient sans doute songé qu'à se mettre à l'abri
et il affirma n'avoir aucune inquiétude sur le sort du
jeune officier dont il connaissait l'intelligence et la
bravoure. Cependant le soleil déclinait à l'horizon et
la lune montait doucement au-dessus de la forêt
saluée par le chant des bul-buls et réfléchissant
sa face lumineuse et large dans les eaux.

Miss Emmy prêtait l'oreille au moindre bruit, se
levait, se rasseyait, allait et venait sans prêter
grande attention aux consolations que lui prodiguait M. Montbrichard, qui, trempé jusqu'aux os,
avait dû revêtir un long manteau d'officier sous
lequel il avait l'air d'un doge de Venise.

Soudain, des coups de feu crépitèrent. Les sentinelles crièrent aux armes, les cornemuses des pipers
jouaient l'air célèbre :

> *Voici les campbells qui viennent!*

Miss Emmy se précipita au dehors de la tente.
Elle aperçut le lieutenant Dalcester couvert de
sang. Autour de lui les balles sifflaient et il était suivi
d'une troupe d'Hindous, équipés à l'européenne,
des mains desquels il venait de s'échapper en don-
nant l'alarme au péril de sa vie. Les meilleurs

tirailleurs de l'armée, embusqués derrière les troncs
d'arbres et munis de carabines à répétition, eurent
vite fait de massacrer sans peine tout le détachement hindou.

Le lieutenant Dalcester, secouru et pansé, n'avait
que des blessures légères, des éraflures de poignard
ou des balles mortes qui l'avaient effleuré en glissant
à fleur de peau. Mais il était accablé de fatigue, son
énergie était à bout.

— Eh bien ! demanda le capitaine Chapman, et
nos chasseurs !

— Tous morts ou capturés, surpris dans une embuscade.

— Les coolies?

— Massacrés.

— Le sergent Mac Dunlop?

— Prisonnier.

— Mais vous-même?

— Dès le commencement de l'orage, nous avons
été cernés par des forces considérables. Tous mes
hommes en désarroi, car ils étaient à demi noyés,
n'ont opposé qu'une faible résistance. J'ai moi-
même été capturé et désarmé par deux Hindous
d'une force herculéenne. Je n'avais plus de balles
dans mon revolver dont je me servais comme d'une
massue. Atteint d'un coup de pierre à la main
droite, j'ai laissé échapper mon sabre, mais je me
suis aperçu que les ennemis tenaient à me conserver
la vie sauve. Ils ont montré beaucoup d'égards, on
m'a placé entre quatre cipayes sans m'attacher les
mains, ni m'injurier.

CHAPITRE II

— Mais, comment avez-vous pu vous enfuir?
dit miss Emmy.

— Ils se croyaient tellement certains de massacrer l'expédition, surprise par les eaux, qu'ils n'ont
pas pris la peine de me conduire en lieu sûr. Ils
m'ont fait marcher à leur suite. Mais en arrivant à
proximité du camp, je me suis emparé d'un kand-

jar de mes gardiens et j'ai frappé à tort et à travers
en criant : Aux armes ! Ces Hindous sont si lâches
et si maladroits que j'ai pu profiter de leur surprise, après en avoir assommé quelques-uns.

— Nos ennemis ne sont ni lâches, ni maladroits,
déclara gravement le capitaine Chapman. Votre
modestie vous fait honneur, lieutenant Dalcester,
mais votre nom va être mis à l'ordre du jour et je
vais adresser ce soir même un rapport sur votre
conduite au lord vice-roi des Indes.

Les officiers présents poussèrent un triple hourrah, Georges Dalcester fut entouré et acclamé,
miss Emmy tint à lui serrer la main et ce fut cette
marque d'estime qui lui fit certainement le plus
plaisir, au milieu des témoignages les plus flat-
teurs dont il était entouré.

La jeune fille, brisée par tant d'émotions, se retira
sous sa tente, sans consentir à assister, comme la
veille, au repas des officiers.

Ce soir-là, à la table du mess, la chère fut loin
d'être aussi copieuse et aussi délicate; quelques
tranche de venaison, froide et restée de la veille, du
jambon, des conserves, firent tous les frais du menu
qui fut rapidement expédié.

Au moment où les *Waiters* apportaient des groogs
qui fleuraient bon le citron, la cannelle et le gingem-
bre, le capitaine Chapman qui, jusqu'alors, s'était
montré silencieux, donna brusquement l'ordre de
faire placer des sentinelles tout autour de la tente.
Un boy avait déployé au milieu de la table la carte
du pays d'Assam.

— Messieurs, dit-il gravement, nous ne sommes
plus en ce moment qu'à dix milles anglais de la ville
de Ravajah, la capitale du radjah rebelle d'Assam.
La bataille est peut-être pour demain ou après-
demain, l'instant est décisif. Je veux avoir l'avis
de tous.

Il y eut un moment de silence. Personne n'osait
prendre la parole. Tous ces braves officiers, à l'esprit un peu simpliste, ne voyaient qu'un parti, s'approcher le plus près de l'ennemi et le battre. L'un
après l'autre, Écossais, Gallois, Irlandais et Anglais

exprimèrent, sous des formes diverses, la même opinion.

Seul, le lieutenant Dalcester n'avait pas ouvert la bouche. Quant à Harry Chapman, il était allé relever des sentinelles et s'était esquivé.

— Messieurs, dit en souriant le capitaine, vos avis sont excellents et font grand honneur à la bravoure et à la loyauté britanniques. Mais j'aimerais mieux, ne vous en déplaise, des conseils un peu plus stratégiques. La vaillance ne nous manquera pas, c'est entendu : mais je voudrais, à côté de cela, un peu de génie militaire qui, grâce aux Wolfet, aux Wellington, a mis notre nation au premier rang pour la tactique militaire. D'ailleurs, ajouta-t-il, avec un sourire légèrement ironique, le lieutenant Dalcester, le héros de la journée, n'a pas encore donné son opinion. Je l'attends avec impatience.

Georges rougit et avec un calme et tranquille regard :

— Capitaine, répondit-il, je partage entièrement l'avis de mes honorables collègues. Dans tous les temps et chez tous les peuples, la bravoure a toujours été la meilleure et la plus sûre tactique. Cependant, ajouta-t-il après avoir jeté un coup d'œil sur la carte, voici un monticule au sommet duquel se trouve un temple et qui est situé au confluent de deux cours d'eau et commande les deux seules routes menant à la ville de Ravadjah. Ce n'est que de ce côté qu'on peut empêcher notre approche et nous barrer le chemin. Une batterie de canons installée sur le mont Malingou suffirait à nous exterminer tous.

— Aussi, fit le capitaine avec flegme, est-ce pour cela que j'ai souligné d'une croix rouge sur la carte le mont et le village de Malingou.

— Que décidez-vous?

— Eh mais ! il n'y a pas à hésiter : je vais faire occuper la montagne par une batterie d'artillerie et deux compagnies de highlanders.

— Qui désignerez-vous pour le commandement?

— Vous-même, lieutenant.

— Mais...

— Votre héroïsme et votre intelligence me sont un sûr garant que vous saurez mieux que tout autre défendre l'honneur du vieux yack britannique.

Bien que navré jusqu'au fond de l'âme d'être obligé de quitter miss Emmy, Georges s'inclina.

— Vous devez être très fatigué? demanda le capitaine Chapman, au milieu du silence général.

— Non, je suis tout à fait remis.

— Alors, cela tombe à merveille. Vous allez, en faisant le moins de bruit possible, réunir deux compagnies de highlanders et un bataillon de cipayes et vous mettre en marche immédiatement. Le chemin est très court d'ici à Malingou. Vous aurez occupé la montagne avant le lever du soleil : ce raid impressionnera les ennemis et assure complètement notre sécurité. D'ici deux heures, il faut que vos soldats soient en marche.

Sur un signe du capitaine, tous les officiers s'étaient levés, des coups de sifflet retentirent dans la nuit, on repliait les tentes. Escouade par escouade, les hommes venaient se grouper silencieusement en dehors du camp. Ils devaient être guidés par deux Hindous qui avaient jadis habité le pays d'Assam, et se vantaient de connaître les sentiers de la forêt vierge.

Georges Dalcester avait le cœur gros. Quand tout fut prêt, il s'aventura jusqu'aux abords de la tente de miss Emmy. Il caressa Bakaloo et eut la bonne fortune de trouver M. Montbrichard qui rêvait à la lune, assis sur un tronc d'arbre.

— Miss Emmy dort-elle? demanda-t-il anxieusement.

— Hélas ! dit le vieillard, elle est brisée de fatigue. Elle a eu tant d'inquiétude à cause de vous ! Elle repose, veillée par sa femme de chambre, la petite Kate, qui ne peut se consoler depuis qu'elle a appris que son fiancé, le sergent Mac Dunlop, était prisonnier.

— Alors, je ne pourrai lui dire adieu ! je suis obligé de partir.

— Voulez-vous que je la réveille? dit vivement M. Montbrichard. J'en prends la responsabilité.

— Inutile, cher Monsieur. Je me ferais un crime de troubler son repos; mais, si je viens à mourir, dites-lui bien que je l'aimais, que je l'aime... que mon dernier soupir et ma dernière pensée seront pour elle...

Le lieutenant s'était enfui et avait disparu sans attendre la réponse de M. Montbrichard consterné.

Le vieux savant poussa un soupir mélancolique, se rassit sur le tronc d'arbre, vit partir en silence le détachement commandé par Georges Dalcester, puis regarda les étoiles. Il allait se retirer dans sa tente, lorsque, à quelques pas de lui, l'éléphant Bakaloo grogna sourdement. Le vieillard s'approcha. Le cornac Kalinga dormait sur la litière de bambous. Bakaloo, insensible aux caresses, semblait animé d'une fièvre spéciale. Avant que M. Montbrichard eût eu le temps de réfléchir, l'éléphant l'avait enlacé avec sa trompe et assis sur son dos.

M. Montbrichard s'agrippa aux larges oreilles de sa monture, se coucha à plat ventre et attendit. D'ailleurs il n'avait aucune crainte. Les merveilleuses histoires de miss Emmy avaient admirablement préparé le savant à toutes sortes d'aventures. Du moment où Bakaloo, dont il s'était fait un ami, y était mêlé, il était sans inquiétude.

L'éléphant, de son trot magistral et cadencé, fit tout le tour du camp : les sentinelles croyant à quelque mission secrète, à quelque tournée d'inspection nocturne, se tenaient au port d'arme sans lever les yeux. Puis tout le monde dans le camp connaissait Bakaloo et ses exploits, et chacun saluait le collier d'or dont miss Emmy s'était amusée à le parer et qui scintillait aux rayons de la lune.

Bakaloo, une fois sorti du camp, fit un large détour, puis se rapprocha doucement de la tente du capitaine Chapman. Dans la précipitation de la catastrophe, on avait installé les officiers sur le point le plus abrupt de la colline, au milieu des grands rochers rouges, et l'on n'y avait pas mis de sentinelles.

Arrivé là, Bakaloo saisit doucement M. Montbrichard avec sa trompe et le déposa à terre sans faire le moindre bruit.

Le vieux savant était émerveillé; il caressa Bakaloo et lui dit à demi-voix :

— Évidemment, mon vieux pachyderme, tu veux me faire voir quelque chose... je ne sais pas quoi... mais tu dois avoir une idée de derrière la trompe.

L'éléphant grogna sourdement.

— C'est bien ce que je disais. Et tu m'amènes juste en face de la tente du capitaine Chapman qui, après tout, est notre généralissime ! Voici, pour la première fois peut-être, que le fait se produit dans les fastes de l'histoire; un membres de l'Institut réduit au rôle de simple détective.

Tout en monologuant, M. Montbrichard s'était approché et avait risqué un œil à travers les interstices de la toile.

Ce qu'il vit le stupéfia.

Le capitaine Chapman était assis d'un air accablé dans son fauteuil. A côté de lui un être sordide, vêtu de haillons, semblait lui parler avec autorité. Bien que cette espèce de fakir eût la face barbouillée de cendre et de bouse de vache, M. Montbrichard reconnut en lui, à sa grande surprise, le traître Lyoni qui avait si mystérieusement disparu de Bénarès, quelque temps avant le départ des troupes anglaises.

M. Montbrichard comprenait suffisamment le tamoul. C'était la langue dans laquelle s'exprimaient les deux interlocuteurs. Il prêta l'oreille à leur conversation.

— Vous avez vu, par l'exemple d'aujourd'hui, disait Lyoni, de quelle puissance nous disposons. Demain, si je le veux, toute votre petite armée sera exterminée. Je ne suis plus l'humble fakir que l'on condamnait au rotin et à qui tout Anglais crachait son mépris en passant. Je ne suis plus le complice d'un officier détrousseur des étrangers. Je suis l'ami et presque le ministre d'un puissant radjah qui tient votre sort, à tous, entre ses mains.

— Mais que veux-tu que je fasse? s'écria Chapman avec colère.

— M'obéir !

M. Montbrichard n'en entendit pas davantage. Bakaloo l'avait saisi de sa trompe et replacé sur son dos. Une ronde de highlanders, munis de lanternes à l'acétylène, s'approchait; Bakaloo piqua droit vers la forêt et, après un long circuit, vint déposer M. Montbrichard à l'endroit où il l'avait pris.

Les premières rousseurs de l'aurore frissonnaient déjà au bas de l'horizon. Les bambous et les tamarins se mouillaient de rosée. Tout un monde d'oiseaux s'éveillaient dans les branches.

M. Montbrichard, accablé de fatigue, après avoir caressé Bakaloo plus tendrement qu'à l'ordinaire, se retira sous sa tente pour y réfléchir et pour dormir. Il se promettait dès son réveil de mettre miss Emmy au courant de ce qu'il avait vu et entendu.

Autour de lui, le camp était plongé dans un profond silence et pour la deuxième fois M. Montbrichard remarqua que sous la lune bleue et rose les tentes blanches ressemblaient à de grands tombeaux.

CHAPITRE III

La ville de Kalanga est située au sommet d'un escarpement rocheux auquel on n'arrive que par des lacis de sentiers compliqués qui tournent à travers la broussaille autour du roc. Ce n'est que du côté de l'ouest que le terrain s'abaisse en pente douce et que la ville est accessible. Longtemps la cité de Kalanga a passé pour imprenable, et le radjah Khanda-Saïb en avait considérablement augmenté les fortifications.

Enorgueilli par ses premiers succès, il se croyait sûr de pouvoir exterminer la seconde armée anglaise, ainsi qu'il l'avait fait de la première. Le capitaine Chapman avait pris position avec ses troupes à un demi-mille environ des remparts de Kalanga, sur une colline où, malgré le feu des assiégés, il avait réussi à s'installer solidement. De bonnes fortifications en terre, présentant un creux assez fort pour abriter les tirailleurs, avaient été élevées et pourvues d'artillerie. Le camp retranché des Anglais ne pouvait être cerné d'aucun côté et, grâce au mouvement tournant exécuté par le lieutenant Dalcester, l'occupation de la citadelle de Malingou, le chemin de retour demeurait libre. La campagne s'annonçait bien. Déjà dans plusieurs sorties les cipayes de Khanda-Saïb avaient été contraints de battre en retraite avec des pertes sérieuses.

Chacun s'accordait à faire l'éloge des talents stratégiques du capitaine Chapman et des qualités de tacticien dont il avait fait preuve. En dépit des révélations de M. Montbrichard, miss Emmy était forcée de reconnaître que, jusqu'alors, la conduite du capitaine ne pouvait donner lieu à aucun soupçon de trahison.

M. Montbrichard n'était pas de cet avis.

— Vous aurez beau me dire tout ce que vous voudrez, répéta-t-il, les paroles que j'ai entendues sont singulières de la part d'un coquin avéré comme ce Lyoni parlant à un commandant de troupes.

— Prenez garde, mon cher ami, répliquait la jeune fille, de faire un jugement téméraire sur le compte du capitaine.

— Sa conduite est louche.

— Peut-être a-t-il seulement les apparences contre lui.

— Cela m'étonnerait fort.

— Je crois, moi, tout simplement, que ce misérable a surpris quelques secrets du capitaine et qu'il cherche à en abuser. Que Lyoni soit un traître, cela ne fait pas l'ombre d'un doute, qu'il ait essayé d'inciter le capitaine Chapman à la trahison, cela est encore très possible. Mais mon cousin a certainement refusé et a dû chasser l'espion ignominieusement. Personnellement, je n'ai pas une grande sympathie pour les Chapman, mais je les crois incapables d'une pareille forfaiture. Voyez, d'ailleurs, comme les opérations du siège ont été habilement conduites.

Malgré tant de bonnes raisons, M. Montbrichard n'était rien moins que convaincu; il hochait la tête et, sans en faire mine, surveillait attentivement les faits et gestes du capitaine Chapman. Mais jusqu'alors aucun nouvel indice n'était venu justifier ses soupçons.

Cependant, il y avait deux semaines que l'armée anglaise avait pris position et l'assaut ne commençait pas. Chacun pensait que le capitaine mûrissait une combinaison spéciale et prenait son temps pour frapper un coup de maître. Mais les jours se passaient et rien de nouveau ne se produisit. A part quelques coups de canon dont les boulets venaient s'amortir sur les gabions remplis de terre du retranchement, à part quelques fusillades dirigées contre un soldat qui s'était imprudemment avancé, les assiégés demeuraient presque aussi calmes que les assiégeants.

Miss Emmy était tombée dans une mélancolie profonde. Malgré toutes ses démarches, toutes ses promesses, elle n'avait pu recueillir aucun renseignement sur le sort du malheureux colonel Printermont. Deux parlementaires du corps des cipayes avaient même été adressés au radjah par le capitaine Chapman. Khanda-Saïb les avait fait pendre. On n'avait de plus aucune nouvelle des autres Anglais massacrés ou faits prisonniers, et le mystère qui planait sur le sort de la première expédition inspirait aux soldats de graves appréhensions.

Presque tous les deux jours, la jeune fille recevait des nouvelles de Georges Dalcester. Mais autant qu'on pouvait le supposer d'après ses lettres, la position du lieutenant devenait de plus en plus difficile. Une fois déjà, un convoi de vivres, parti du camp, avait été capturé et pillé. Miss Emmy tremblait chaque jour d'apprendre la mort du lieutenant dont elle connaissait la bravoure imprudente.

Sous la tente de miss Emmy, dressée au milieu d'un bouquet de cèdres, les journées s'écoulaient tristement. Kate, l'Écossaise, désespérée par la disparition du sergent Mac Dunlop, passait son temps à pleurer. Bakaloo, lui-même, donnait des signes de nervosité et d'impatience; il se réveillait souvent au milieu de la nuit pour barrir aux étoiles. M. Montbrichard était persuadé que le sagace animal flairait quelque secret péril.

Une des consolations de miss Emmy était de passer chaque jour plusieurs heures en compagnie de M. Montbrichard au chevet des blessés et des malades auxquels elle apportait des livres, du tabac et des friandises. Aussi était-elle adorée de tout le camp. Tous les soldats la connaissaient et la saluaient avec respect quand elle passait près d'eux.

Cet état de choses aurait pu se prolonger lorsque se produisit un événement très grave...

CHAPITRE IV

Une nuit, miss Emmy ne pouvant trouver le sommeil, avait allumé une lampe et lisait étendue dans son hamac de rotin. Tout à coup elle se sentit tirée par la manche de son peignoir. C'était Bakaloo qui, passant sa trompe par les interstices de la tente, se permettait d'éveiller ainsi l'attention de sa jeune maîtresse. Miss Emmy lui présenta un morceau de sucre, mais l'éléphant continua à tirailler la manche de miss Emmy.

— Voyons, dit la jeune fille, que veux-tu? Laisse-moi tranquille; il est temps de reposer.

Puis, tout à coup, frappée d'un trait de lumière :

— Ah ! je comprends, s'écria-t-elle, tu veux me faire faire une promenade nocture comme naguère à ce bon M. Montbrichard? Eh bien ! soit, nous allons voir si tu as découvert quelque nouveau complot. D'ailleurs, la nuit est si douce qu'une petite promenade au clair de la lune, à travers le camp, n'est pas pour me déplaire.

Miss Emmy s'habilla et rejoignit Bakaloo. L'éléphant, malgré l'heure avancée, était encore sellé de son haoudah. Quelques heures auparavant, il avait énergiquement empêché son cornac Kalanga de le lui enlever.

Miss Emmy gravit les degrés de l'échelle de bambou et prit place sur les coussins.

Le ciel était un peu couvert ce soir-là, Bakaloo se glissait le long des fourgons alignés, sans faire le moindre bruit. A la grande surprise d'Emmy, il n'y avait pas de sentinelle à la porte du camp qui donnait sur la forêt. La jeune fille n'eut pas un ins-

tant l'idée qu'elle commettait une imprudence en
s'aventurant seule à pareille heure au dehors des
retranchements. Élevée dans l'Inde, elle savait
qu'une personne montée sur un éléphant n'a rien à
craindre, ni des animaux ni des hommes. Mais elle
commença à concevoir des inquiétudes, lorsque
Bakaloo se mit à galoper de toute sa vitesse au travers d'un petit bois de bambous géants écrasant
tout sur son passage, comme s'il eût été emporté
par un ouragan.

Elle essaya de le raisonner, le caressa, lui rappela
qu'il était l'heure de rentrer. Mais Bakaloo ne ralen-
tit pas sa course une seule minute. Il se contenta
de pousser une série de grognements qui signifient
certainement :

« Laisse-moi faire, je vais où je vais. C'est pour ton
bien que je t'enlève ainsi à travers la jungle. »

La forêt devenait plus noire. Des froissements de
reptiles sur les feuilles sèches, des glissements d'oiseaux invisibles dans les branches la firent frison-
ner. Même l'aile duvetée d'une grande chauve-sou-
ris frôla sa chevelure et elle eut un mouvement de
recul involontaire.

Mais elle était brave. Elle invoqua Dieu. Elle
s'assura que les deux revolvers et la carabine à
répétition qui faisaient partie de l'équipement du
haoudah se trouvaient bien à leur place, et elle
s'abandonna à la course vertigineuse qui l'entraînait à travers les clairières et les halliers.

Les lumières du camp avaient disparu depuis
longtemps. Le cœur de la jeune fille battait plus
fort ; mais elle avait dans l'intelligence et le dévouement de Bakaloo une confiance telle qu'il ne lui
vint pas à l'esprit une seule minute, l'idée de chercher à descendre. D'ailleurs, ce n'eût guère été facile.

Puis Emmy, au bout d'une demi-heure de cette
chevauchée fantastique, crut avoir deviné les projets de Bakaloo.

— Mais c'est certain, s'écria-t-elle à haute voix,
Bakaloo me conduit tout droit jusqu'à Malingou et
désire, sans doute, que je rejoigne le lieutenant
Dalcester.

Cette idée ne lui déplaisait pas trop et la pensée des dangers à courir l'intéressait et l'amusait plus qu'elle ne lui faisait peur.

On traversait une allée naturelle de vieux baobabs dont les basses branches se rejoignaient et interceptaient la vue du ciel. Bakaloo s'arrêta, parut hésiter, aspira l'air de sa trompe, puis tout à coup tourna brusquement à droite. Il marchait maintenant d'un pas calme et précautionneux. Une clairière apparut et la lune se dégageant radieuse de sa robe de nuages, montra une longue avenue de sycomores et de marronniers qui, certes, bien des centaines d'années auparavant, avaient dû être alignée par la main des hommes.

Bakaloo fit encore un ou deux crochets. Il quitta l'avenue et rentra sous bois, puis il revint sur ses pas. Il aspirait l'air avec inquiétude, l'air chargé de rosée, et tout à coup miss Emmy se trouva en face du plus grandiose des paysages. C'étaient les ruines d'un gigantesque temple de granit rose construit au bord d'un étang sacré, maintenant envahi par des lotus aux larges corolles bleues et où des crocodiles s'ébattaient. L'étang était entouré d'une forêt de colonnes qui supportaient des arcades légères. Et c'était un entassement de pyramides d'un goût grandiose et barbare dont des bêtes fantastiques supportaient les assises; des coupoles légères, des minarets et des tourelles minces et gracieuses comme la tige d'un lis. La lune projetait une lueur éclatante sur cette perspective féerique dessinant jusqu'au moindre détail des statues et des sculptures. Miss Emmy distingua même un hibou, immobile sur la tête de la déesse Shiva, et un serpent qui avait enroulé ses anneaux autour de la trompe de la déesse Ganesa. Le silence merveilleux des rêves planait au-dessus des ruines. Mais déjà Bakaloo l'entraînait à travers un dédale de vestibules, de corridors et d'escaliers où les arbres s'agrippaient à la pierre, où les murailles étaient couvertes de lianes comme les parois d'une caverne. Il longea quelque temps l'étang sacré et s'arrêta enfin, près d'une façade de temple que soutenaient cent éléphants de granit, hauts chacun comme une maison de six étages. Des arbres de haute futaie avaient poussé sur le dos et le front des colosses qui tous, la trompe basse, dans une attitude exactement pareille, semblaient plongés dans une méditation éternelle.

Bakaloo se glissa entre les pattes d'un des monstres et demeura immobile et silencieux comme s'il eût été lui-même changé en pierre. Miss Emmy n'osait faire un mouvement, sentant son cœur bondir dans sa poitrine. Les minutes d'attente qui s'écoulèrent lui parurent longues comme des années. Elle ne se sentait plus la force de raisonner ni de vouloir, elle était en proie au vertige et à l'émerveillement.

Enfin, la lueur rouge de torches de buis de santal transparut au loin dans les ruines tachant l'azur immaculé de la nuit. Presque au même instant, sur la rive opposée du lac, les hennissements d'un cheval retentirent et miss Emmy palpitante, retenant son souffle de peur qu'on n'entendît le bruit de sa respiration oppressée, vit briller la lueur d'une lampe électrique. Le cortège des porteurs de torches s'était rapproché. Des turbans couverts de diamants, des Kandjars d'or reluisaient; l'air calme de la nuit portait jusqu'à l'oreille de la jeune fille le frou-frou des manteaux de soie et de chaînes précieuses. Puis, le groupe fit halte sous une arcade en ruines, et deux hommes s'en détachèrent, l'un vêtu de haillons, le front barré de lignes de cendre à la façon des fakirs, et l'autre drapé dans un grand manteau de cachemire au travers duquel étincelaient les anneaux d'une cotte de mailles. Et ils allèrent à la rencontre de l'homme arrivé par l'autre bord de l'étang sacré et qui semblait chercher sa route à travers les décombres.

Enfin, ils s'aperçurent et gardèrent d'abord prudemment leurs distances. Le fakir gesticulait avec véhémence comme s'il eût voulu vaincre toute hésitation. Ces préliminaires terminés, les deux hommes se joignirent, et après s'être salués gravement, avoir écarté leurs manteaux pour montrer qu'ils ne cachaient aucune arme traîtresse, ils s'assirent l'un en face de l'autre sur les débris d'une colonne, à quelques mètres de la cachette de miss Emmy, pendant que le fakir restait debout en signe de respect.

CHAPITRE V

La jeune fille faillit pousser un cri. Elle venait de reconnaître dans le fakir le perfide Lyoni, et quand l'inconnu qui portait une lampe électrique avait ouvert son manteau, elle avait entrevu distinctement la face pâle au front bas et les yeux fiévreux du capitaine Chapman. Tout ce que lui avait dit M. Montbrichard revint à sa mémoire et elle songea avec horreur que le personnage à la cotte de mailles ne pouvait être qu'un envoyé de Khanda-Saïb, sinon le radjah lui-même.

Elle eut un mouvement de colère et machinalement elle chercha près d'elle la carabine à douze coups qui se trouvait dans le haoudah. Habituée dès l'enfance aux grandes chasses de l'Inde, elle avait une justesse de coup d'œil infaillible. Elle eut un moment la pensée d'abattre à ses pieds les trois conspirateurs comme trois bêtes malfaisantes. Mais elle songea à son père; le désir d'avoir quelques éclaircissements sur son sort l'emporta. Elle remit lentement la carabine à sa place et écouta de toute la puissance de son attention. Elle reconnut tout de suite qu'elle ne s'était pas trompée. C'était bien le terrible Khanda-Saïb qu'elle avait devant les yeux. Le radjah et l'officier se regardaient avec défiance. Ils échangeaient une foule de ces compliments exagérés et hyperboliques dont les Orientaux sont prodigues.

— Je salue l'invincible radjah.

— Et moi, l'illustre général des vaillants soldats qui tiennent assiégée ma capitale.

Ces compliments menaçaient de durer longtemps. Lyoni jugea qu'il fallait en venir promptement aux choses sérieuses.

— Illustre Saïb, dit-il en s'inclinant du côté du radjah, le brave officier que tu vois a été victime de

mille injustices de la part du radjah de son pays.
Il désire en tirer une vengeance éclatante.

— Le suc de la vengeance est aussi doux au
cœur que la liqueur de l'arac mêlée dans une coupe
d'or à la neige de l'Himalaya.

— Je te donnerai ce que tu voudras, si tu m'as-
sures la victoire.

— Je veux d'abord deux cent lacs de roupies.

— Soit ! fit le radjah avec mépris.

— En outre, la liberté de me retirer sain et sauf
avec mes hommes.

Le radjah paraissait hésitant.

— Tu comprends, illustre Saïb, que je ne puis
rester déshonoré dans mon pays. Il te restera les
pièces de canon, presque tous les bagages, les munitions, les éléphants et les chevaux. Avec cela, tu
pourras rendre ta ville imprenable. Je m'arrangerai
par un soir de pluie à te laisser surprendre le camp;
j'ordonnerai la retraite et tu ne nous poursuivras
pas.

— J'accepte encore, dit le radjah.

— Ce n'est pas tout, continua froidement Chapman; tu as en ton pouvoir un de mes ennemis, le
colonel Printermont.

— Oui, un vaillant officier. Il a vaincu deux fois
mes soldats : sans la trahison, il ne serait jamais
tombé entre mes mains. Il vit dans mon palais où je
le traite avec honneur.

— Eh bien ! et c'est la condition la plus impor-
tante de notre pacte, il sera mis à mort par tes bour-
reaux et son corps sera remis à mon fils. Il a promis
à celle qui doit être sa fiancée de lui rendre son
père.

— Accepté, est-ce tout?

— Pas encore. L'officier qui occupe la forteresse
de Malingou est aussi de mes ennemis. Je vais à
partir d'aujourd'hui cesser de lui faire parvenir des
vivres et des munitions. En quelques jours, il sera à
la merci des tiens. Lyoni riait d'un rire affreux. Il se
voyait à la fois, du même coup, enrichi et vengé. Les
conditions du traité furent ensuite âprement et
minutieusement débattues. Un cheval chargé d'or

et de sacs de pierres précieuses fut amené. Il apportait la moitié des deux cents lacs de roupies qui
étaient le prix du sang, puis les conjurés se séparèrent, le radjah rejoignit sa brillante escorte et
Chapman s'apprêta à regagner le fourré où l'atten-
daient les cipayes qui l'avaient accompagné.

Le capitaine, tenant par la bride son cheval chargé d'or, avait à peine fait trois pas que miss Emmy
saisissant sa carabine l'avait mis en joue. Elle eut la
rapide vision du cadavre du traître dévoré par les
tigres et les crocodiles et de son or pillé par les
voleurs des bois, les fakirs mendiants et les parias.
Mais Bakaloo avec son ouïe très fine, avait
entendu le bruit de la gâchette. Doucement, avec
sa trompe, il arracha l'arme des mains de la jeune
fille, la déposa dans le haoudah et reprit sa course
folle à travers la forêt. Cette fois, sans doute, fami-
liarisé avec les chemins, il filait aussi rapide qu'un
zèbre, faisant trembler la terre de son galop désor-
donné. En une demi-heure, il était de retour au
camp, haletant et couvert de larges gouttes de
sueur.

Miss Emmy était en proie aux plus violentes émotions et ses pensées confuses allaient de l'admiration
pour la stupéfiante prévoyance de Bakaloo à son
indignation contre le traître. Mais la certitude con-
solante que son père vivait encore, le désir de le
sauver et de sauver l'armée anglaise, soutenaient
son courage. A peine rentrée sous sa tente, elle calcula qu'elle avait trois quarts d'heure d'avance sur
Chapman dont les chevaux étaient pesamment
chargés, et qui malgré les meilleurs guides, ne pouvait aussi vite que Bakaloo trouver sa route au travers des bois.

Sa résolution fut vite prise. Elle écrivit rapidement une longue lettre dans laquelle elle relatait
tous les détails de la trahison de Chapman et où elle
annonçait son départ pour la forteresse de Malingou
où elle allait rejoindre le lieutenant Dalcester. Elle
mit sur l'enveloppe le nom du capitaine Fordice, un
vieil officier très honnête et peu intrigant qui commandait en second sous les ordres de Chapman et

ne faisait jamais parler de lui que par quelque acte
d'obscure bravoure.

Miss Emmy alla réveiller ensuite le cornac
Kalanga, lui mit quelques pièces d'or dans la main,
en lui recommandant de porter la lettre qu'elle lui
confiait au capitaine Fordice et de ne la lui remettre
qu'en mains propres.

— Je pars avec Bakaloo pour une excursion
ajouta-t-elle. Ne t'inquiète de rien et sois fidèle.

L'Hindou s'inclina sans répondre, tout heureux
des pièces d'or qui le faisaient presque riche. Miss
Emmy, qui se sentait pleine de courage, réveilla sa
femme de chambre écossaise, puis M. Montbrichard
et son boy Goatimou.

Tous furent mis au courant de la situation et
eurent vite emballé les papiers précieux, les bijoux
et le bagage indispensable sans oublier les vivres,
les armes et les munitions.

Bakaloo attendait la fin de ces préparatifs avec
des frémissements d'impatience.

Il poussa un grognement de joie lorsque chacun
eut pris place dans le haoudah. Dans l'intervalle, il
avait mangé un sac de riz et mis à sec un baquet
d'eau. Il était prêt pour de nouvelles fatigues.

M. Montbrichard, habitué à écouter docilement
tout ce que disait miss Emmy, la suivit sans faire la
moindre observation.

Mal réveillé, il ne comprenait pas encore trop au
juste de quoi il s'agissait; cependant il était intérieurement flatté, de voir que ses prédictions au
sujet de la trahison de Chapman s'étaient réalisées.

Bakaloo sortit du camp d'un pas délibéré. Une
fois dans la forêt, miss Emmy lui répéta à plusieurs
reprises le nom de Georges Dalcester, elle lui fit
flairer un gant de Suède oublié par l'officier dans
une visite.

L'éléphant fit entendre par un grognement qu'il
avait compris, et il s'engagea d'un pas allègre dans
le sentier tracé dans la forêt vierge par les convois
de vivres qui se rendaient tous les deux jours de
Ravaja à Malingou.

La nuit était magnifique, on pouvait être rendu

le lendemain à midi près du lieutenant Dalcester.
Miss Emmy, bercée par le trot régulier du brave
Bakaloo, s'endormit en rêvant à la délivrance de
son père, en face de M. Montbrichard qui somnolait
en souriant, tout comme s'il eût assisté à une séance
de quelque ennuyeux conférencier.

Il y avait très peu de temps que Bakaloo avait
quitté le camp, lorsque le capitaine Chapman rentra
par la même porte, qu'il avait tout exprès, ce soir-là,
dépourvue de sentinelles.

Le traître était heureux et fier, les millions du
radjah le mettaient pour toujours à l'abri du besoin;
son fils Harry, depuis plusieurs jours retenu au lit
par un commencement de fièvre, épouserait miss
Emmy, à laquelle il aurait rendu le corps de son
père. Son échec près du radjah ne le compromettrait
guère près du lord vice-roi, puisqu'il ramènerait
ses troupes presque intactes. Il se voyait déjà
général et plus tard membre du Parlement. Mais
sitôt qu'il en aurait le pouvoir, il se proposait de se
mettre à la tête d'une nouvelle expédition et d'infliger à Khanda-Saïb une sévère leçon. Il tenait surtout à faire disparaître jusqu'au dernier témoin de
sa trahison. Le radjah serait fusillé, ainsi que tous
ses courtisans. Lyoni serait pendu, et quant aux
cipayes qui l'avaient escorté lui-même, il les enver-
rait à l'avant-garde à la première affaire, et ils
seraient décimés par les balles des ennemis.

Rentré dans sa tente sans avoir éveillé l'attention,
il rangea lui-même son or et ses diamants dans deux
grandes malles de fer, puis prenant par la bride le
cheval qui avait apporté son trésor, il le chassa à
coups de pierres, hors des limites du camp; il ne
doutait pas que l'animal, s'il n'était dévoré par les
tigres, ne retournât d'instinct aux écuries du radjah,
son maître. C'était déjà un témoin de supprimé.

Il regagnait sa tente à pas lents, lorsqu'il lui prit
envie de faire un détour pour passer près de miss
Emmy; un pressentiment singulier le poussait de
ce côté.

Il fut surpris de voir qu'aucune lumière ne brillait dans la chambre de M. Montbrichard ni dans

celle d'Emmy. Il s'approcha, tourna le bouton de
sa lampe électrique; les courtines de toile blanche
étaient relevées, et le mobilier en désorbre annonçait une fuite précipitée. Il devint inquiet, et ses
craintes redoublèrent, en constatant que l'écurie
de Bakaloo était vide aussi; il n'aperçut que le cornac Kalinga qui dormait, exténué et nu, les reins
seuls couverts d'un pagne, sur un monceau de paille
de riz.

Le pauvre Hindou, dans son sommeil, serrait pré-
cieusement de sa main droite la lettre qui lui avait
été confiée, et qu'il devait remettre le lendemain
au capitaine Fordyce.

Chapman tira doucement la lettre, reconnut
l'écriture, et fit sauter le cachet de l'enveloppe d'un
coup d'ongle nerveux. Il pâlit et dut s'appuyer au
piquet de la tente en reconnaissant d'un coup d'œil
que le récit de sa trahison se trouvait déjà là,
comme par miracle, consigné par miss Emmy avec
les moindres détails et adressé au plus vieux et au
plus loyal de l'expédition. Il serra dans sa poche
ce document compromettant, puis, les bras croisés
il regarda Kalinga, dormant toujours d'un innocent
sommeil qui découvrait l'émail de ses dents blanches.

— Je comprends tout, se murmura Chapman à
lui-même. Cette enragée d'Emmy a, je ne sais comment, surpris mon entrevue de ce soir avec le
radjah; elle a dû se réfugier avec son éléphant, sa
bonne et son vieux savant, près du beau Georges
Dalcester... Voilà tous mes projets mis à néant...
Mais cela ne se passera pas ainsi! J'y mettrai bon
ordre...Emmy connaît mon secret, elle disparaîtra
comme les autres. Que m'importe que j'obtienne
sa fortune par mariage ou par succession? Ne suis-je
pas son plus proche parent....En s'engageant ainsi
sans escorte dans la forêt vierge, elle me fournit un
excellent prétexte. On la croira dévorée par quelque
tigre.

Chapman se promenait avec agitation lorsque
ses regards s'arrêtèrent de nouveau sur Kalinga
endormi.

Ses sourcils se froncèrent, et il grinça des dents avec une effroyable expression de férocité.

— J'allais oublier ce misérable, murmura-t-il. Cette folle d'Emmy lui a sans doute tout raconté, par crainte que sa lettre s'égare. Eh bien, ce sera tant pis pour lui !

Chapman avait pris à sa ceinture un stylet triangulaire, à la lame aussi pointue qu'une aiguille. Il l'enfonça brusquement dans le cou bronzé de l'Hindou, sur le trajet même de l'artère carotide. Le poison subtil dont était imprégnée la lame, un cadeau de Lyoni, produisit rapidement son effet. Kalinga poussa un profond soupir, battit l'air des bras et des jambes dans une suprême convulsion et, mourut en fixant son meurtrier, du globe livide de ses prunelles révulsées et blanches, pendant qu'un jet de sang noir s'échappait de son cou avec le glou-glou d'une fontaine.

Chapman jeta un dernier coup d'œil au cadavre, dont la face se marbrait déjà de taches bleues, essuya soigneusement son stylet et sortit.

Dehors il nettoya dans l'herbe mouillée de rosée ses bottes tachées de sang et regagna sa tente, décidé à bien dormir pour se reposer de tant de cruelles émotions et se préparer aux luttes du lendemain.

Mais quand les tambours et les cornemuses sonnèrent le réveil, il n'avait pas encore pu fermer l'œil.

CHAPITRE VI

Bakaloo marcha d'un pas égal, pendant le restant de la nuit. Brisés par la fatigue de la journée, les fugitifs, étendus côte à côte sur les coussins, dormaient d'un profond sommeil... Ce furent les premiers rayons du soleil qui les tirèrent de leur engourdissement. Ils étaient trempés de rosée. Tout autour d'eux la forêt s'éveillait avec ses mille rumeurs et ses mille voix.

Ils traversaient un bois de lauriers roses, dont les larges fleurs, qui varient du blanc le plus pur au rouge pourpre, exhalaient un violent parfum d'aman-

·des amères. Dans les branches, des oiseaux de toutes
les couleurs de l'arc-en-ciel, depuis le paon majes-
tueux jusqu'au petit bengali qui niche au creux
d'une feuille de bananier, secouaient joyeusement
leurs ailes appesanties par l'humidité de la nuit.
Le hibou radjouvala regagnait son trou, les camé-
léons et les lézards qui couvraient les branches d'un
gros figuier bagnan, commençaient à faire une chasse
active aux insectes aux ailes de nacre qui montaient
par myriades de la terre caressée par les rayons.

Ce coin de la forêt était frais et embaumé comme
un bosquet de paradis terrestre. Et comme Bakaloo
montrait quelques symptômes de fatigue, miss
Emmy décida que l'on ferait une courte halte. Elle
avait aperçu un bouquet de canne à sucre sauvage
dont les éléphants sont friands, qui procurerait un
repas substantiel. Pendant ce temps, Goatimou
ferait chauffer du café sur la lampe de voyage.

Tout le monde descendit du haoudah et bientôt
une appétissante collation, composée de beurre, de
jambon et de café fut disposée sur la racine saillante
d'un baobab et attaquée avec appétit. Bakaloo
de son côté ne perdait pas son temps. Il cueillait
les cannes avec sa trompe, les cassait en éclats et
les façonnait en petites bottes qu'il absorbait avec
une rapidité merveilleuse. En peu d'instants, il ne
resta rien du bouquet de cannes. Il allait en attaquer un second, situé à peu de distance de là,
lorsqu'il s'arrêta soudainement. Il dressait les
oreilles et aspirait l'air avec une inquiétude évi-
dente. Puis il poussa une sorte de cri bref et se
rapprocha de sa maîtresse et de M. Montbrichard
dont le léger repas touchait à sa fin.

— Qu'y a-t-il donc? demanda la jeune fille, en
présentant quelques gâteaux secs à l'animal.

Bakaloo répéta pour la seconde fois son cri d'aver-
tissement.

— Il nous prévient de quelque danger déclara
miss Emmy. Il a dû flairer dans le voisinage quelque
tigre ou quelques ennemis.

—Vous avez raison, dit M. Montbrichard, Bakaloo
se trompe rarement, il fait bon suivre ses conseils.

— Oui, remontons au plus vite dans le haoudah.

En un clin d'œil, les reliefs du déjeuner eurent disparu et chacun reprit sa place. Après avoir réfléchi un moment, Bakaloo quitta le sentier frayé par le passage des troupes du lieutenant Dalcester, et qu'on avait suivi jusqu'alors, il s'enfonça de nouveau en pleine forêt, à travers une futaie de bambous géants, presque sans feuilles et que l'on eût pu prendre de loin pour une forêt de mâts de navires, veufs de leurs agrès et de leurs voiles.

Il semblait en proie à une grande frayeur et fuyait avec une grande rapidité en poussant de temps à autre des barrissements qui pouvaient aussi bien être attribués à la terreur qu'à la colère.

— Je crains que nous ne soyons poursuivis, dit miss Emmy.

— Je crois plutôt, moi, répondit M. Montbrichard, qu'il s'agit d'une bande de tigres que notre monture cherche à éviter.

— Écoutez, interrompit tout à coup la jeune fille. On dirait dans le lointain le bruit d'une fusillade. O Seigneur, délivrez-nous !

Tous firent silence et prêtèrent l'oreille. Aucun doute n'était possible, les échos de la forêt répercutaient avec netteté les roulements d'une fusillade nourrie. Puis, il y eut une série de rugissements formidables, tels que miss Emmy ni aucun des fugitifs n'en avaient jamais entendu, Bakaloo tremblait comme la feuille.

— On doit chasser le tigre dans le voisinage, dit M. Montbrichard.

— Non, fit miss Emmy pensive, j'ai assisté souvent à des chasses au tigre avec mon père et je ne connais pas ce rugissement.

— Peut-être est-ce un lion.

— Il n'y en a pas dans cette contrée; espérons que nous n'avons pas affaire à un éléphant sauvage traqué par les chasseurs. Ces animaux, quand la fureur les possède, sont les plus redoutables de tous. Bakaloo lui-même serait impuissant à nous défendre, dans le cas d'une pareille rencontre.

L'éléphant, les oreilles hérissées et vibrantes, la

4

trompe en avant, avait encore une fois changé de
direction. Il traversait maintenant une espèce de
marécage, où il disparaissait presque dans les roseaux
et les herbes géantes qui montaient jusqu'à son
poitrail. La chaleur était intolérable. M. Montbrichard, malgré son casque de moelle de sureau et
son couvre-nuque de toile blanche, fondait littéra-
lement en eau. D'instant en instant il s'épongeait
le front avec son mouchoir.

On marcha pendant toute la matinée à travers le
marais. Il grouillait de reptiles de toutes sortes, et
les fugitifs furent plusieurs fois effrayés des monstres qu'ils aperçurent. Là, des crocodiles se vautraient au soleil dans la boue et dans les roseaux;
plus loin, au bord d'une mare, toute une famille de
tortues s'ébattait joyeusement, et donnait la chasse
aux poissons et aux grenouilles. Mais ce qui terri-
fia le plus miss Emmy, ce fut la rencontre d'une
dizaine d'horribles bêtes que l'on ne trouve que
dans l'Inde et qui sont peut-être les derniers des-
cendants des ptérodactyles. Qu'on se figure un
lézard de presque un mètre de long, pourvu d'ailes
pareilles à celles des chauves-souris, mais recouvertes d'écailles vertes ou grises, une longue queue
mince et effilée, des pattes munies de véritables
doigts, et une sorte de fanon ou de goitre achevaient de donner à l'animal une physionomie fantastique. Il est couvert de verrues brillantes et il
étincelle au soleil. On dirait une hideuse pierre pré-
cieuse, née de la fange et des poissons. Cet animal
se nomme le *draco* et le muséum du Jardin des Plantes en possédait, il n'y a pas longtemps, deux exem-
plaires.

A la vue de ces animaux qui sautillaient et vole-
taient sur les branches d'une sorte d'eucalyptus,
miss Emmy devint pâle de frayeur. M. Montbrichard eut toutes les peines du monde à la rassurer.

— Vous pouvez m'en croire, dit-il. Je vous donne
ma parole de savant que ces animaux sont tout à
fait inoffensifs; leurs ailes leur servant plutôt de
parachute pour sauter d'arbre en arbre, à la poursuite des insectes dont ils font leur nourriture; ils

ne sont pas venimeux et leur agilité ne les empêche
pas d'être souvent la proie des serpents.

— Vous avez beau dire, vos lézards volants ont
beau avoir toutes les vertus, ils m'inspirent une
répugnance invincible; heureusement que les voilà
loin.

On commençait en effet de sortir du marécage, et
Bakaloo, dont les pattes étaient couvertes de boue,
s'arrêta sous la voûte ombreuse d'un beau bois de
cèdres qui avaient jonché le sol d'une épaisse litière
de fines aiguilles.

M. Montbrichard avait tiré sa montre, celle-là
même que Lyoni lui avait subtilement dérobée, le
lendemain de son arrivée à Bénarès.

— Il est maintenant plus de midi, murmura-t-il;
il fait si bon dans cet endroit que je vous propose
de nous y arrêter deux ou trois heures. Nous y
dînerons, nous nous reposerons un peu et surtout à
l'aide de la carte et de la boussole, nous tâcherons
de nous rendre compte du chemin que nous avons
parcouru.

Tout le monde accepta avec enthousiasme la proposition du vieux savant. On ouvrit le coffre aux
provisions, on fit du feu et Bakaloo alla se rafraîchir
dans une mare voisine et se mit à brouter avec
appétit les plantes aquatiques des marécages.

Pendant que l'on préparait le café, M. Montbrichard avait étalé sur la mousse une carte d'Assam
et se livrait à des calculs compliqués.

— Je crois, déclara-t-il enfin, que nous avons dû
faire une dizaine de lieues, en dehors du chemin qui
nous eût conduits à la forteresse de Malingou. Quant
à vous dire où nous sommes, cela m'est tout à fait
impossible, attendu que la carte que je possède
porte la simple mention : territoires inconnus, forêt
vierge. Vous avouerez que c'est tout à fait insuffisant.

Miss Emmy demeurait songeuse.

— Je n'ai qu'une crainte, dit-elle enfin, c'est que
mon brave Bakaloo, effrayé par les coups de feu ou
par quelque autre danger que nous ne soupçonnons
pas, ne se soit mis en tête de nous ramener à Bénarès, en traversant tout le pays d'Assam.

— Vous croyez?

— Il en serait fort capable et pourtant, je ne puis ni ne veux abandonner mon père, ni le lieutenant Dalcester, au milieu des dangers qu'ils courent.

— Je ne vous quitterai pas, je vous le jure... quelle que soit votre décision.

— Je vous remercie, mais Bakaloo, s'il s'est mis en tête de nous sauver malgré nous, ne se gênera pas pour employer la force. Comment savoir s'il est toujours dans la même disposition qu'hier? Sans son aide puissante, nous ne demeurerions pas vivants un seul jour au milieu de cette terrible forêt.

Miss Emmy, si courageuse au début, semblait maintenant se désespérer. Son beau visage était tiré par la fatigue; son énergie semblait, pour un instant, l'abandonner. M. Montbrichard, qui semblait, au contraire, prendre de jour en jour plus de goût à la vie d'aventures, parvint à lui remonter le moral par une foule de belles paroles.

— Allons, miss, s'écria-t-il, rien n'est encore perdu. Je trouve, pour ma part, que tout va pour le mieux. Bakaloo vient de nous sauver des ennemis qui nous poursuivaient; quand nous aurons fait une petite sieste d'une heure, il nous conduira certainement près du lieutenant Dalcester. Tenez, montrez à votre éléphant le gant de l'officier, répétez-lui son nom ainsi que vous l'avez fait hier soir, vous verrez qu'il comprendra parfaitement.

L'expérience aussitôt tentée eut un plein succès; Bakaloo fit tout de suite comprendre à sa manière qu'il n'avait pas du tout oublié le but du voyage, et qu'il n'était point une tête sans cervelle.

— Jamais, semblait-il dire, en agitant doucement sa trompe, je n'ai eu la folle idée de revenir à Bénarès, que me prête, je ne sais pourquoi, ma jeune maîtresse.

— Vous voyez, s'écria joyeusement M. Montbrichard, nous sommes d'accord. Une fois notre sieste terminée, nous allons nous remettre en route, et nous arriverons ce soir à Malingou.

Après quelques heures de repos, tout le monde reprit place dans le haoudah et Bakaloo s'orienta,

reniffa le vent et se remit en marche. M. Montbrichard, qui s'était muni de sa boussole de poche,
constata avec joie que l'éléphant revenait sur ses
pas et reprenait le chemin de Malingou, mais on
obliquait légèrement vers le nord, afin d'éviter
le marécage dont la traversée était dangereuse et
fatigante. La première partie de l'après-midi se
passa sans aucun incident. On continuait à marcher, à l'abri de la fraîche verdure des cèdres, par
des sentiers et des clairières que n'embarrassaient
ni ronces, ni broussailles et dont le sol était élastique
et sec. M. Montbrichard estima qu'on pouvait avoir
fait six à sept lieues, lorsque Bakaloo donna des
signes d'inquiétude et de nervosité. Il grondait sourdement, bondissait et changeait à chaque instant
de direction, puis il faisait claquer ses défenses, ce
qui est, chez les éléphants, le signe du mécontentement le plus vif.

Miss Emmy, la petite Écossaise, et Goatimou
crurent distinguer, dans le lointain, le bruit du canon.

— On doit se battre dans les environs, dit
M. Montbrichard, ou peut-être sommes-nous cernés
par les troupes du radjah. Je m'explique très bien
la colère de Bakaloo. Il est furieux de ne pas pouvoir poursuivre sa route en ligne directe et il craint
de manquer à la promesse qu'il nous a tacitement
faite en nous emmenant presque par force dans la
forêt.

— Mon Dieu, murmura miss Emmy à voix basse
(car Bakaloo entendait et comprenait presque ce
qu'on disait), pourvu qu'il ne se suicide pas, vous
savez que les suicides d'éléphants ne sont pas rares.
On en a vu se laisser mourir de faim, à la mort d'un
maître bien aimé ou lorsqu'ils avaient reçu quelque
humiliation grave.

M. Montbrichard ne put s'empêcher de sourire.
Il était fort sceptique à l'endroit du suicide des éléphants.

— Bakaloo est trop sage pour cela, se contenta-
t-il de répondre, je vous assure que...

Un rugissement épouvantable réduisit au si-

lence le vieux savant; il semblait partir d'un cirque
de rochers qui paraissaient être l'entrée d'un défilé.

— C'est quelque fauve blessé, murmura miss Emmy.

A la surprise de tous, Bakaloo se dirigea en ga-
lopant du côté d'où partaient les cris. Il s'écorcha
aux épines d'un hallier d'orangers sauvages, bar-
bota dans un étang, puis s'engouffra dans un ravin
bordé de grands rochers de marbre bleu. Et tout à
coup, au fond de l'excavation, deux éléphants sauvages apparurent couverts de sang, l'un avait une
défense cassée, l'autre, sans doute moins dangereu-
sement blessé, arrosait les plaies de son compagnon
avec l'eau qu'il puisait de sa trompe à une petite
source. Bakaloo s'était arrêté à distance respectueuse. Il poussait des grognements, agitait sa
trompe, frappait du pied comme pour indiquer à ses
congénères sauvages qu'il avait un moyen de sou-
lager leurs douleurs.

Miss Emmy et ses amis, plus morts que vifs, se
blottissaient au fond du haoudah : ils s'atten-
daient d'une seconde à l'autre à voir Bakaloo éven-
tré, eux-mêmes lancés en l'air et piétinés par les
deux colosses qu'exaspérait la souffrance.

Cependant Bakaloo s'était rapproché et lui aussi
s'était mis à puiser de l'eau pour en rafraîchir les
blessures de l'éléphant sauvage qui continuait toujours à pousser des rugissements de douleur et de
colère. Brusquement, il saisit M. Montbrichard
avec sa trompe et le déposa à terre, puis ce fut le
tour de miss Emmy, de Kate, l'Écossaise et de Goatimou. Enfin, renversant sa trompe en arrière, il
désigna le coffre qui contenait les vivres et les médicaments.

— Que veut-il? Que faut-il faire? demanda
miss Emmy avec égarement.

— Mais, voyons, c'est bien simple, cela saute
aux yeux, dit M. Montbrichard avec une impétuo-
sité tout à fait en dehors de son caractère et de ses
habitudes. Vous voyez bien, Mademoiselle, que ces
éléphants sont blessés et qu'ils souffrent; Bakaloo
ne nous a certainement amenés jusqu'ici que pour

les panser comme vous l'avez pansé lui-même en
plusieurs occasions. Soyez sûre que ces animaux
ne nous feront aucun mal.

Convaincue par la parole vibrante de M. Montbrichard, plus éloquent mille fois que lorsqu'il
avait prononcé son discours de réception, miss
Emmy fit signe à Bakaloo de lui présenter sa trompe
et, comme elle l'avait fait cent fois, tout enfant, par
jeu, elle se laissa aller jusqu'au haoudah et redes-
cendit, en moins d'une minute, avec la boîte de
pharmacie. M. Montbrichard l'ouvrit, étala les appareils de la chirurgie élémentaire, les pinces
hémostatiques, les bistouris, les aiguilles à sutures,
le catgut et les seringues à injections hypoder-
miques. Débouchant une fiole de cocaïne, une de
chloroforme, il s'approcha de l'éléphant le plus
grièvement blessé et tamponna les plaies avec ces li-
quides anesthésiants. Le résultat fut magique.
L'éléphant cessa ses plaintes, but une grande gor-
gée de l'eau de ruisseau et poussa un soupir aussi
bruyant qu'un coup de vent d'ouest dans les corridors d'un vieux château. M. Montbrichard, enthousiasmé, fit délicatement l'extraction de plusieurs
balles qui se trouvaient à fleur de peau, puis il ap-
pliqua sur chaque blessure des compresses cocaï-
nées, bien certain que son malade ne succomberait
pas à l'application de l'anesthésique, comme il arrive si souvent dans les hôpitaux de Londres et de
Paris. Enhardie par l'audace de M. Montbrichard,
miss Emmy se rapprocha et remplit avec enthousiasme le rôle d'infirmière des éléphants. La petite
Kate et Goatimou ne tardèrent pas à se joindre à
elle et bientôt l'éléphant sauvage, tout à fait rani-
mé par l'absorption d'un litre d'eau de Cologne, se
remit sur ses pattes et caressa ses bienfaiteurs avec
sa trompe.

M. Montbrichard, entraîné par son zèle, profita
des bonnes dispositions de son client. Il visita une
seconde fois les blessures, posa quelques pinces,
recousit quelques déchirures au fil d'argent et eut
le bonheur d'extraire d'une des cuisses une balle
explosive système dum-dum arrêtée en pleine chair.

— Je réponds de la guérison du malade, dit M. Montbrichard, toujours un peu facétieux. Je vais lui faire remettre demain ma note d'honoraires, et gare aux huissiers s'il ne paie pas !

L'exemple de M. Montbrichard avait eu un effet foudroyant. Kate, s'étant aperçue que le blessé avait eu la paupière éraflée d'une flèche, insistait pour lui laver les yeux à l'acide borique. Quant à Goatimou, il était allé cueillir une brassée d'herbes fraîches auxquelles il mêla quelques morceaux de sucre. Véritable repas de convalescent.

— C'est fort bien, s'écria miss Emmy, mais il faudrait s'occuper de l'autre blessé.

Bakaloo, qui semblait sourire de ses petits yeux bridés, opina de la trompe. Le second blessé, qui n'avait d'ailleurs été que légèrement atteint, fut soigné, pansé, antisepsié avec les mêmes précautions que son camarade. Il reçut, comme lui, une ration de fourrage et de sucre; il parut très sensible à cette attention. Vivant en villageois au fond de ses forêts, il n'avait jamais savouré les produits de nos raffineries que sous forme de cannes.

Cependant Bakaloo recommençait à s'agiter avec inquiétude.

— Voyons, mon vieil ami, lui dit M. Montbrichard, en lui caressant la trompe, de quoi te plains-tu? On fait ce que tu veux, on donne des consultations gratuites à tes coreligionnaires politiques, et tu murmures encore? Tu fais de l'opposition?

Bakaloo continuait à gronder sourdement et à frapper la terre du pied.

— Vous ne voyez donc pas, s'écria miss Emmy, que le soleil est au bas de l'horizon. La nuit va tomber; Bakaloo s'impatiente pour nous.

— Eh bien ! En selle ! Donnons une dernière poignée de trompe à nos malades et partons.

A ce moment, Goatimou, qui était allé jusqu'au bout du ravin, arriva tout épouvanté.

— Je vois des feux briller à travers les branches, dit-il. Il y a certainement un campement dans la forêt. La route nous est barrée.

— Comment faire? demanda M. Montbrichard.

— Essayons de passer, dit courageusement miss Emmy.

— Oui, c'est cela, nous voyagerons à la faveur de la nuit.

Tous remontèrent sur le dos de l'éléphant qui, sans raison apparente, poussait des gémissements mélancoliques et s'obstinait à ne pas démarrer. On eut bientôt l'explication de sa conduite.

Les deux éléphants sauvages s'étaient tout doucement avancés et, avec une sorte d'insistance polie, barraient le chemin à Bakaloo, malgré les bons arguments qu'il leur donnait, sans doute, en langue éléphantine.

Le soleil couchant, éclatant comme un feu de forge, illumina un instant l'entrée du défilé; puis la nuit se fit très épaisse au fond de cet entonnoir de pierres où ne pouvaient pénétrer les rayons de la lune. Bakaloo s'était affaissé, immobile. M. Montbrichard et miss Emmy comprirent qu'il n'y avait pas d'autre parti à prendre que de chercher à se reposer un peu.

Ils étaient si fatigués, ils avaient passé par tant d'alternatives dans le cours de cette journée, qu'il ne leur restait plus assez de force pour lutter. Ils résolurent de remettre au lendemain toute tentative d'évasion.

CHAPITRE VII

Goatimou descendit les coussins et les couvertures du haoudah, et dans un angle concave du rocher, on improvisa une sorte de dortoir. Les revolvers et les carabines avaient été apportés, et déposés près des dormeurs. Serrés l'un contre l'autre, les éléphants sauvages encore couverts de compresses et de bandes, barraient entièrement le défilé dans sa partie la plus étroite, d'un air entêté et patient. Les fugitifs, fourbus de fatigue, ne tardèrent pas à s'endormir, roulés dans leurs couvertures.

Ils dormirent d'un lourd sommeil sans rêve et, grâce à la fraîcheur du vallon abrité de toutes

parts contre le soleil, ils ne s'éveillèrent que très.
tard. L'un après l'autre, ils se détiraient en bail-
lant, s'appelaient et se frottaient les yeux en présence de l'étrange spectacle qui s'offrait à eux.

CHAPITRE VIII

Le ravin était rempli, encombré, par des centaines, par des milliers d'éléphants sauvages qui
se tenaient immobiles et silencieux, les contemplant;
la trompe basse, au milieu d'eux, Bakaloo, l'air
honteux, la mine piteuse, restait à l'écart de ses congénères dont les dos mouvants et pressés formaient
comme une mer brune et grise qui s'étendait jusqu'au fond de la perspective, bien loin, de l'autre
côté du défilé.

Miss Emmy prit, en tremblant, le bras de
M. Montbrichard et lui dit à l'oreille d'un ton plein
d'anxiété :

— Qu'allons-nous devenir, que conseillez-vous?

— Mademoiselle, soyez courageuse jusqu'au
bout. Après les services que nous avons rendus aux
éléphants, je crois que nous n'avons rien à craindre
de leur part. Nous sortirons glorieusement de cette
aventure. Le plus sage, à mon avis, est de remonter dans notre haoudah et de nous fier absolument
à la protection de Bakaloo.

— Il n'y a pas autre chose à faire. Mais où va-t-il
nous mener?

— Je n'en sais rien. Nous sommes prisonniers
des éléphants; nous devons leur obéir, quitte à
chercher ensuite à leur échapper.

Sous le regard scrutateur des éléphants toujours
immobiles comme des statues de pierre, on s'ins-
talla; puis, Bakaloo se mit lentement en marche
comme plongé dans une tristesse profonde. A sa
droite et sa gauche marchaient les deux éléphants
sauvages pansés par M. Montbrichard. Au lieu de
se diriger vers la plaine par où il était entré dans le
ravin Bakaloo s'engagea dans le défilé. Il franchit

une suite de précipices aussi désolés, aussi nus et
arides qu'un claim d'Écosse. A certains moments,
les éléphants qui se suivaient étaient obligés de dé-
filer un à un à travers des passages étroits, traver-
verser des torrents ou des marais sur des pierres
plates. Le paysage prenait un caractère nouveau
et plus sévère. Plus de fleurs, plus de roseaux, plus
de papillons et de perruches, mais de grands arbres
tristes et nobles, au feuillage noir, des platanes, des
cyprès, des baobabs et des chênes verts.

La pente du terrain s'adoucit. Ce furent des
champs de canne à sucre sauvage, des bouquets de
palmiers, des prairies traversées de mille petits
cours d'eau. Tout autour, un cercle immense de
montagnes, dernier contrefort de l'Himalaya, ar-
rondissait ses cimes bleues à une hauteur extraordinaire, mais sans aucune solution de continuité. Le
vaste pays enclavé entre ses quatre vastes montagnes était comme une île perdue au milieu du
monde et dont les éléments étaient rois.

M. Montbrichard s'émerveilla.

— Je comprends, à présent, l'ingéniosité de
ces animaux admirables. Le défilé que nous venons
de traverser doit être la seule porte qui donne accès
dans leur royaume. Ceux que nous avons soignés
sont certainement les spartiates de leur nation. Ils
se sont fait blesser presque mortellement pour défendre leur patrie contre les chasseurs d'ivoire
dans leur vallée bienheureuse; ils doivent vivre
loin du souci du dur travail, dans une paresse de
méditation qui accroît de siècle en siècle le volume
de leurs cerveaux. Pourquoi l'homme travaille-t-il?

— Simple paradoxe, répliqua miss Emmy, à la
fois émue et amusée. Vous-même, avec vos cin-
quante volumes, vous êtes un exemple du travail
le plus assidu.

— En voyant l'ordre et la sagesse qui président
en ce royaume, je serais tenté de le regretter.

— Savez-vous, dit miss Emmy à voix basse, que
nous ne pourrons jamais sortir peut-être de ce
cycle de montagnes et de roses, qui nous tiennent
comme dans un cercle magique?

— Mais si, — et M. Montbrichard hocha la tête paternellement, — tout cela finira très bien, j'en suis sûr. Fiez-vous-en à moi pour vous faire sortir d'ici. Mais, silence ! Il me semble qu'ils nous écoutent et qu'ils comprennent tout ce que nous disons.

On était arrivé au centre d'une esplanade couverte d'un gazon velouté, entourée de cyprès deux fois millénaires et qui semblaient être le lieu de réunion, l'agora des éléphants. Le Colysée n'est pas plus grandiose et le cirque de Marboré plus magnifique. Des arbres, dont cent hommes n'eussent pas pu ceinturer le tronc de leurs bras, montaient jusqu'à deux cents mètres, plus haut que les pyramides d'Égypte, et cachaient leur tête chevelue dans les derniers nuages.

Les éléphants avaient fait halte. Il y en avait de petits, d'un gris clair à la peau presque rose du lilas qui cabriolaient comme de jeunes chevreaux et de très vieux aux vastes oreilles pendantes, dont la face était couverte de rides rugueuses et profondes dont les yeux avaient des cils blancs et qui grattaient le sol de leurs longues défenses. De toutes les avenues de la forêt, de nouveaux éléphants arrivaient gravement.

M. Montbrichard avait lu dans les historiens de la décadence romaine que les éléphants étaient sensibles au charme de la beauté. Il en vit une preuve convaincante qui l'effara, lorsque miss Emmy, élégante et robuste, descendit du haoudah. La foule des pachydermes — et des milliers n'avaient certainement jamais contemplé une créature humaine — poussa un barrissement d'admiration qui retentit comme les flots de la mer contre les promontoires escarpés des îles et levèrent leurs trompes en signe de respect et de vénération.

Tout le monde était descendu. M. Montbrichard à tout hasard s'était muni de sa boîte de pharmacie. L'instant était solennel. Mais l'éléphant Bakaloo, qui gambadait joyeusement et dont les yeux avaient revêtu une expression particulière, rassurait miss Emmy. Après un long silence, trois

éléphants sortirent de la foule. L'un avait une patte
cassée ; l'autre portait au ventre une plaie déjà four-
millante ; le troisième, sans doute après une course
imprudente dans le marais, était couvert de sang-
sues.

— Notre rôle est magnifique, s'écria miss Emmy.
Nous allons soigner ces pauvres animaux, Monsieur
Montbrichard, aidez-moi !

Le vieux savant eut, en un clin d'œil, étalé sa
trousse sous le regard curieux des pachydermes. Il
remarqua d'ailleurs avec satisfaction que ses deux
clients de la veille se tenaient aux côtés de Bakaloo,
prêts à défendre leur docteur contre toutes agres-
sions. L'expérience avait été concluante. Les trois
éléphants furent pansés de main de maître et regа-
gnèrent leur place en grognant de satisfaction.
Puis d'autres clients se succédèrent ; les uns avaient
des écorchures ou des échardes, d'autres de simples
contusions, voire des maux de dents. Quelques-uns
ne souffraient que de vieillesse.

M. Montbrichard renvoya tout son monde content. Il se croyait sérieusement — et d'ailleurs il
en était fier — devenu le directeur d'une clinique
éléphantine. Miss Emmy et ses gens le secondaient
de tout leur pouvoir. A la fin, il ne se présenta
plus que quelques très petits éléphants qui s'étaient
blessé le pied avec des épines. La foule s'était écoulée petit à petit et avait regagné ses pâturages ver-
doyants et ses champs de cannes à sucre. La vaste
esplanade était tout à coup devenue déserte.

Il ne restait plus auprès de miss Emmy et de ses
amis que le sage Bakaloo, qui semblait à la fois
heureux et mécontent. Les deux premiers clients de
M. Montbrichard s'étaient esquivés et il parlait déjà
de confier sa créance à un homme d'affaires, lorsque
les deux mauvais payeurs se présentèrent eux-
mêmes et sans la moindre sommation.

Ils portaient des fagots de cannes à sucre, des régimes de bananes, des mangues, des ananas et jusqu'à une gerbe de riz. Ils avaient compris qu'ils
devaient nourrir leurs bienfaiteurs. Miss Emmy
les récompensa par le don de quelques morceaux de

sucre et les caressa de sa main blanche. Puis ce
fut une procession à n'en plus finir. Tous les éléphants que M. Montbrichard venait de soigner apportaient quelques présents. L'un tenait de sa
trompe un nid plein d'œufs de faisan, tout frais
pondus; un autre, une grosse tortue de marais,
presque tous des fruits ou des raisins nourrissants.
Il y en eut même un qui jeta sur le gazon le corps
d'un petit tigre nouveau-né. Les éléphants semblaient avoir deviné les instincts carnivores de
leurs hôtes.

CHAPITRE IX

Cependant, Goatimou n'était pas resté inactif.
En les appuyant contre le tronc des cyprès géants, il
avait dressé avec l'aide de Bakaloo, qui lui apportait des matériaux, quatre paillotes de bambous,
recouvertes de feuillage de palmier talipot. Elles
étaient disposées presque en croix et Bakaloo, sur
une litière qu'il s'était préparée lui-même, devait
en occuper le centre. Moyennant les coussins du
haoudah et les couvertures, ces cabanes furent
presque confortables. Mais miss Emmy remarqua
que Bakaloo, quoique très respecté par ses congé-
néres, était un peu considéré comme un étranger,
comme un ambassadeur en visite dans un royaume
ennemi et qu'il n'était pas admis à participer aux
secrets de la république. La nuit se passa dans un
calme parfait. Le matin, miss Emmy, très triste
mais faisant contre mauvaise fortune bon cœur,
essaya une reconnaissance en compagnie de
M. Montbrichard pour découvrir l'entrée du défilé
par lequel ils avaient pénétré dans le pays des éléphants.

Vainement ils essayèrent de se faire suivre de
Bakaloo; il secouait la tête et gémissait comme
s'il eût voulu dire qu'il ne fallait pas lui en demander davantage.

— Il est certain, dit M. Montbrichard, que Bakaloo joue ici le rôle d'un diplomate dans une capitale étrangère. Il nous couvre de sa protection, mais

il ne peut s'abaisser ni au rôle de complice de notre
évasion, ni à celui d'espion : il enfreindrait les lois
du code éléphantin.

Miss Emmy et le vieux savant parcoururent environ deux milles anglais en se guidant sur leurs
souvenirs et surtout en suivant la trace de l'éléphant boiteux, dont les pas leur servaient de fil
d'Ariane parmi les milliers d'empreintes gravées
sur le sol. Ils étaient parvenus à l'orée d'un petit
bois de pins qu'ils reconnaissaient parfaitement
pour l'avoir traversé la veille, lorsque deux vieux
éléphants, le poil blanc, leur barrèrent la route.

— Nous sommes prisonniers ! s'écria miss Emmy.

— Ce n'est pas encore certain, et quoi qu'il en
soit, faisons un circuit et tâchons de trouver une
autre issue.

Ils côtoyèrent le flanc de la montagne pendant
longtemps, mais chaque fois qu'ils voulaient fran-
chir certaines limites ils trouvaient toujours des
éléphants qui les arrêtaient. Ils revinrent à la
grande esplanade, près des cyprès géants où ils
avaient établi leur campement. Sur une table im-
provisée avec des tréteaux de bambous, Kate et
Goatimou mettaient le couvert. Près d'eux, Bakaloo mangeait de petites bottes de verdure en compagnie des deux éléphants blessés la veille. Ceux-ci
n'eurent pas plus tôt aperçu M. Montbrichard
qu'ils coururent à lui avec de grandes démonstra-
tions de joie. Ils l'enlacèrent de leur trompe, le pla-
cèrent sur leur dos pour le déposer ensuite à terre.
Enfin ils se livrèrent à mille exercices folâtres qui
arrachèrent un sourire à miss Emmy et montrèrent
une fois de plus au vieux savant que la popularité
comme la gloire a ses inconvénients. Miss Emmy
avait d'abord espéré que sa captivité ne se prolon-
gerait pas, mais elle s'aperçut bien vite que toute
évasion était impossible.

Le pays occupé par les éléphants avait plus de
vingt lieues carrées d'étendue. C'était un site admirable, où tout semblait avoir été disposé à souhait
par la nature pour la tranquillité. De l'ombrage, des
eaux vives, de fraîches prairies tout émaillées de

fleurs, des arbres fruitiers de toutes les espèces,
depuis le bananier jusqu'à l'ananas et la sapotille.
Il y avait même un endroit marécageux tout couvert
de cannes à sucre.

C'était vraiment le paradis des éléphants.

M. Montbrichard, escorté de ses deux malades
maintenant complètement guéris et qui ne le quit-
taient pas d'un instant; miss Emmy, montée sur
Bakaloo, qui maigrissait et devenait triste depuis
que ses maîtres étaient captifs, firent le tour de ce
petit royaume frais et fleuri comme un Éden enchanté. La nature était encore telle qu'aux premiers
jours du monde et souriait sous son manteau de
feuillages avec une grâce virginale. Là, jamais la
hache n'avait déshonoré les branches des arbres, jamais le soc de la charrue et la dent aiguë des herses
n'avaient déchiré le sein de la vieille glèbe mater-
nelle. Les oiseaux ne cherchaient point à prendre la
fuite quand on s'approchait d'eux et les gazelles
aux regards ingénus continuaient à brouter sans
peur.

C'était l'empire de la tranquillité, de la quiétude
et du repos le plus parfait. Les éléphants étaient
chez eux et ils s'adonnaient sans contrainte à leur
appétit et à leurs plaisirs. De tout jeunes étaient
allaités par leurs mères ou essayaient leurs défenses
naissantes contre l'écorce tendre des arbres. Mais
le plus grand nombre, paresseusement étendus,
semblaient plongés dans la méditation : l'éléphant
est un animal qui réfléchit beaucoup. Dans un can-
ton éloigné du centre, les plus vieux, les patriarches,
pour ainsi dire, de la colonie se sont donné rendez-
vous.

M. Montbrichard pensa avec raison que c'était
là, en quelque sorte, leur Hôtel des Invalides ou
leur maison de retraite. Il y en avait de plusieurs
fois centenaires dont le pelage avait blanchi et
s'était usé par places. Leurs défenses étaient deve-
nues brunes et ils étaient tellement accablés par
les ans qu'ils pouvaient à peine bouger. Mais avec
une touchante sollicitude, des congénères plus
jeunes et plus vigoureux plaçaient devant eux

de jeunes pousses d'arbre, des bananes et d'autres
aliments peu difficiles à mâcher.

Mais miss Emmy et M. Montbrichard n'avaient
pas encore vu le plus intéressant.

Par une belle matinée, M. Montbrichard monta
sur le dos d'un des éléphants qu'il avait guéris et
que Goatimou avait surnommé Navaja, c'est-à-dire
fleur de jasmin; miss Emmy prit place sur Bakaloo
avec ses serviteurs et ils se dirigèrent vers la partie
nord du pays qu'ils n'avaient pas encore explorée
et où ils espéraient trouver des issues moins bien
gardées.

Maintenant tout le monde les connaissait dans
la république des éléphants. Beaucoup les saluaient
au passage d'un amical balancement de trompe;
d'autres les accueillirent d'un joyeux grognement.
Et il n'était pas rare de voir des petits, tout mi-
gnons, à peine plus gros qu'un bœuf, tendre genti-
ment à M. Montbrichard leur patte, où s'était en-
foncée une épine de cactus ou d'acacia.

La contrée que les captifs visitèrent ce jour-là
était plus âpre, plus montueuse et plus triste que
les autres régions. Après quelques heures de marche,
ils se trouvèrent dans un site tout à fait nu et désolé.
C'était une vallée au-dessus de laquelle surplom-
baient des masses de basalte noire, pareilles à d'interminables rangées de tuyaux d'orgue. Il n'y avait
ni insecte ni un brin d'herbe. Aucun buisson venu
d'une graine semée par les oiseaux n'avait accroché
ses racines aux fentes de la pierre. Là régnaient sans
partage le silence et la désolation.

— Ce paysage est bien mélancolique, dit miss
Emmy. Mais peut-être est-ce par cette gorge sauvage que nous pourrons nous échapper.

— Soit, approuva M. Montbrichard. Pénétrons
dans les entrailles de ce précipice à pic qui semble
plonger dans les entrailles de la montagne.

Mais les éléphants qui depuis quelque temps déjà
donnaient des signes d'appréhension se mirent à
trembler et finirent par refuser nettement d'aller
plus loin.

Devant cette attitude inexplicable, tout le monde

descendit. Carabines et revolvers furent tirés du haoudah et la petite troupe s'engagea bravement dans la vallée sans que les éléphants fissent rien pour retenir leurs prisonniers. Ils ne voulaient pas avancer, mais ils n'empêchaient pas les autres de le faire.

— Peut-être Bakaloo et son ami Navaja se sont-ils décidés enfin à nous laisser fuir notre prison, dit miss Emmy.

— Je ne le crois pas, répliqua M. Montbrichard. Ils auraient montré plus d'émotion en se séparant de nous, ou s'ils savaient que nous courons quelque danger.

Tout en parlant, on s'était avancé dans d'immenses corridors de basalte qui, tantôt s'élargissant brusquement, tantôt faisant un coude à angle droite, semblaient, par un caprice de la nature, disposés aussi tortueusement qu'un labyrinthe. A un détour inopiné, les voyageurs débouchèrent dans une profonde enceinte qui formait un ovale irrégulier. Le spectacle qu'ils aperçurent alors les cloua sur place de surprise et d'admiration.

Ils se trouvaient dans le cimetière des éléphants. Par centaines, par milliers, par millions s'entassaient des squelettes blancs comme la neige. Il y en avait de si anciens qu'ils tombaient en poussière; d'autres, tout récents, étaient encore intacts et complets, nettoyés sans doute par le bec des innombrables vautours aux pieds jaunes, rangés en longues files sur les corniches du rocher.

En présence de cette nécropole immense, de cet horizon d'ossements qui couvraient plusieurs kilomètres, M. Montbrichard était devenu grave. Le vertige des siècles lui montait au cerveau.

— Il y a là, peut-être, murmura-t-il, en baissant la voix avec un respect involontaire, des morceaux d'ivoire contemporains du grand Bouddha. Peut-être que les éléphants qui portèrent Alexandre le Grand et le farouche Tamerlan à travers les peuples étaient descendus de cette vallée. Peut-être, eux aussi, sont-ils venus coucher leur vieillesse expirante loin des palais, dans ce coin paisible et triste, où depuis des siècles et des siècles leurs pères se sont retirés pour mourir.

Et comme miss Emmy sollicitait quelques explications :

— Jamais, continua-t-il, on ne trouve dans les bois ou dans les jungles le cadavre d'un éléphant. Quand un de ces animaux sent arriver ses derniers jours, il se traîne pour mourir jusqu'au lieu où blanchissent les os de ses ancêtres. Mais nous avons fait là une découverte magnifique. Il y a pour des millions d'ivoire dans ce cimetière. Il est certain pour moi que jamais aucun être humain n'a pénétré dans ce lieu.

— Quoi qu'il arrive, dit miss Emmy toute songeuse, je ne veux pas qu'on dérange le champ du repos de ces honnêtes animaux qui, tout en nous faisant prisonniers, nous ont si bien accueillis. Plus tard, je le sais, des tunnels éventreront la montagne et le sifflement des trains remplacera les paisibles barrissements. Une cohue d'aventuriers avides brûlera les beaux arbres, pillera le cimetière d'ivoire et rougira les gazons du sang de leurs seigneurs actuels assassinés, mais, au moins, que ce soit le plus tard possible.

La jeune fille se tut et demeura longtemps absorbée dans une rêveuse contemplation. A ses pieds, à demi-enterrés dans la poussière d'ossements, elle voyait deux défenses gigantesques, grosses comme le corps d'un homme et longues à proportion et elle ne put s'empêcher de penser qu'elles avaient sans doute appartenu au mammouth, l'éléphant-primogénius, cet ancêtre vénérable des éléphants.

L'heure s'avançait. M. Montbrichard donna le signal du départ après avoir constaté que la crête du roc, haute de plus de deux mille pieds et absolument à pic, ne présentait aucune issue vers la fuite.

De monotones journées s'écoulèrent ; miss Emmy était désespérée, son sommeil était obsédé de sanglantes visions. Elle voyait son père et ses amis, l'armée anglaise tout entière égorgée par le cruel radjah Khanda Saïb, et le traître Chapman revenir triomphant à Bénarès riche du salaire de ses crimes, et spontanément elle se jetait à genoux et priait.

Un dernier malheur devait l'accabler, lui enlever une des dernières consolations qui lui restassent.

M. Montbrichard avait l'habitude de faire seul en compagnie de Navaja, son éléphant à lui, de petites promenades d'herborisation et, chose singulière, quand ni miss Emmy, ni Bakaloo ne l'accompagnaient, le vieux savant n'était ni suivi ni arrêté par les autres éléphants. Les intelligents animaux avaient sans doute compris que sans miss Emmy et Bakaloo le vieillard ne tenterait pas de s'échapper. Puis, ils avaient pour le savant qui les avait pansés un respect et une affection singuliers. M. Montbrichard résolut d'utiliser ces dispositions et de tenter de s'échapper avec miss Emmy et ses serviteurs, en laissant en otage Bakaloo qui, une fois seul, trouverait certainement le moyen de rejoindre sa maîtresse. Mais pour cela, il fallait procéder avec beaucoup d'habileté. La première chose à faire était de retourner et de reconnaître l'étroit défilé qui seul donnait accès dans le royaume des éléphants.

C'est par cette issue que, de temps à autre, quelque pachyderme dédaignant comme le pigeon de la Fontaine la sécurité de la forêt natale, s'échappait pour chercher aventure dans les jungles du monde extérieur où l'attendait la dent des tigres, la morsure des serpents, les flèches empoisonnées et les balles explosibles des chasseurs. Beaucoup revenaient éclopés ou estropiés et corrigés par cette leçon, ne se risquaient plus jamais au dehors. Bien des fois, des chasseurs avaient essayé d'explorer la mystérieuse enceinte; mais jamais aucun de ceux qui avaient tenté l'aventure n'était revenu. Tous avaient succombé, poignardés par des défenses aiguës ou éventrés sans pitié contre les rocs. Une nuit M. Montbrichard se leva, se fit hisser sur le dos de Navaja qu'il avait tout à fait apprivoisé et se dirigea vers le défilé de la montagne. Personne ne mit obstacle à sa route. Navaja guida docilement son maître à travers les gués, les landes et les abîmes et ramena jusqu'au ravin même où avait

eu lieu leur première rencontre, au bord de la petite
source où les éléphants s'étaient arrêtés pour laver
leurs blessures.

M. Montbrichard était enchanté. Il avait étudié
soigneusement le chemin parcouru et il lui suffisait
d'une chance heureuse pour réussir à délivrer
miss Emmy. Un autre point dont il était aussi très
satisfait, c'était de n'avoir rencontré nul obstacle à
son voyage de découverte de la part de ses gardiens
si méfiants d'ordinaire.

— Ils se relâchent de leur surveillance, songea-
t-il. Ils ont vu que nous ne cherchions pas à nous
enfuir et ils s'imaginent sans doute que nous avons
pris notre parti de passer notre vie au milieu d'eux.

Ici, M. Montbrichard interrompit brusquement
son monologue.

Une série de coups de feu partis des arbres de la
forêt se répercutaient au loin dans les échos de la
montagne. Embusqués dans les fourrés ou abrités
derrière des quartiers de roc, les tirailleurs demeuraient invisibles. M. Montbrichard eut l'oreille frôlée
d'une balle et Navaja, l'os du genou fracassé,
s'écroula comme une montagne, après avoir poussé
un rugissement terrible. M. Montbrichard se laissa
glisser à terre, heureusement, sans se faire de mal,
et cherchait à fuir lorsque les chasseurs sortirent de
leurs cachettes, le cernèrent et le firent prisonnier.
C'étaient des Hindous coiffés d'un turban blanc,
richement vêtus de pagne de soie et armés de carabines à répétition et de pistolets à crosse d'argent.

Puis le captif fut déposé dans un palanquin
dont deux robustes esclaves saisirent les brancards et
et qu'ils emportèrent à travers la forêt.

Cette capture avait été faite avec une si surprenante dextérité que M. Montbrichard, entraîné
dans l'épaisseur du bois, n'eut que le temps d'apercevoir Navaja qui, rugissant et furieux, aveuglé
par le sang, saisissait les chasseurs de sa trompe,
les lançait en l'air et envoyait leurs corps s'aplatir
sur la paroi marmoréenne du précipice.   . .

CHAPITRE X

M. Montbrichard voyagea une partie de la journée avec une vélocité surprenante. Les porteurs couraient sans s'arrêter, du même pas égal, et agitaient continuellement un bâton garni d'anneaux dont le bruit est destiné à mettre en fuite les serpents à sonnette. Comme le vieillard ne cessait de protester en langue tamoul et menaçait ses ravisseurs de la vengeance du gouvernement français, si on lui causait le moindre dommage, un des cavaliers de l'escorte s'approcha, baillonna le prisonnier et lui banda les yeux avec des schalls de soie. Furieux, à demi suffoqué, M. Montbrichar ne tarda pas à s'évanouir.

Quand il revint à lui, il était étendu sur une natte, deux personnages au teint basané, aux vêtements richement brodés étaient penchés sur lui et lui frictionnaient les tempes avec une essence d'un parfum délicieux; un esclave apporta un bassin d'argent et une aiguière à long col qui permirent au prisonnier de se rafraîchir le visage, les mains, ce dont il avait grand besoin. Ensuite, M. Montbrichard fut mené par ses gardiens à travers une suite de salles au sol de mosaïque et dont les voûtes aux lourdes corniches, aux entablements sculptés étaient supportées par des colonnes de stuc brillant.

Ils soulevèrent un *tolys* de vétiver et M. Montbrichard ébloui se trouva poussé au milieu d'un groupe de courtisans couverts d'or et de pierreries, armés de kandjars au fourreau incrusté de rubis et de perles, dans ce qu'on pourrait appeler la salle du trône du radjah Khandah-Saïb. Le prince, qui tenait évidemment à frapper l'imagination de son prisonnier était assis sur un trône d'or massif sous un baldaquin de kaschemyr. A côté de lui, un homme de confiance agitait le grand *chowry* ou queue de vache pour le rafraîchir. Son turban de soie tissé d'or était orné d'un diamant gros comme un œuf de pigeon. Ses moustaches très longues étaient frisées et retroussées, et ses paupières peintes à l'antimoine; sa veste à boutons d'or et la poignée de son sabre au fourreau de velours cramoisi étincelaient aussi des gemmes les plus rares.

Tout autour de lui, ses officiers étalaient des costumes presque aussi brillants, et les cipayes de sa garde particulière formaient une double haie en face du trône, vêtus de blanc et de rouge, la mine farouche et le poing sur la garde de leurs sabres. D'autres brandissaient des javelines à la pointe dorée et de petits étendards de soie de couleur vive.

M. Montbrichard, un moment ébloui par le déploiement de ce luxe asiatique, eut vite fait de reprendre courage. Malgré les instances de ses conducteurs, il refusa énergiquement de plier les genoux devant le radjah, et, sans attendre qu'on l'y eût autorisé — ce qui est en Orient un crime de lèse-étiquette au premier chef — il prit la parole d'une voix forte, en langue tamoul.

— Illustre radjah, dit-il, je te demande justice. Je suis indigné du traitement que m'ont infligé tes serviteurs, et je te somme de me remettre immédiatement en liberté. Je suis venu dans des intentions pacifiques du noble pays de Frangistan où je suis né pour étudier les sciences sacrées des *brahimes* et des *pundites* de l'Hindoustan. Ma nation n'est pas en guerre avec toi, et cela n'ajoutera rien à ta gloire illustre de radjah, d'avoir emprisonné un vieillard faible et désarmé : sache-le, s'il m'arrivait malheur, ta tête ne serait pas plus solide sur tes épaules que l'épi mûr balancé sur la tige qui le supporte, devant le faux moissonneur.

Un murmure d'indignation courut dans les rangs des courtisans. Le radjah, seul, eut un sourire de souverain mépris.

— Vieillard, répondit-il, tes insolences et tes menaces ne sauraient émouvoir la sérénité de Ma Hautesse. Puisque ta nation n'est pas en guerre avec moi, pourquoi marches-tu avec l'armée de mes ennemis, de ces arrogants Anglais auxquels mes généraux ont, une fois déjà, infligé un terrible châtiment? J'ai, d'ailleurs, d'autres griefs contre toi. Il y a ici un saint homme que tu as gravement

outragé et que, grâce à de calomnieuses accusa-
tions, je le sais, tu as fait condamner par mes ennemis à un outrageant supplice. Je te laisse la vie jusqu'à nouvel ordre. On dit que, dans ton pays, tu
es un illustre érudit, aussi, dans ma clémence, te
traiterai-je avec égards, jusqu'à nouvel ordre, du
moins; mais, prends garde d'irriter ma colère, la colère du radjah est pareille à celle du lion.

Khanda-Saïb fit un signe, et M. Montbrichard
fut emmené par ses gardiens. Pendant qu'on l'entraînait, il aperçut, accroupi dans un coin, le fakir
Lyoni, toujours misérablement vêtu, mais dont le
sourire triomphant prouvait qu'il avait réussi à cap-
ter la confiance du prince.

Une agréable surprise était réservée au prisonnier. Les gardiens, après lui avoir fait traverser un
vaste jardin orné à la mode indienne de fontaines
d'eau vive et planté d'orangers, de jasmins et de
palmiers, le conduisirent jusqu'à un petit bâtiment
isolé derrière une épaisse charmille et à la porte
duquel deux cipayes montaient la garde. Une porte
fut poussée, et M. Montbrichard se trouva tout à
coup én face de sir John Printermont et du sergent
Dunlop qui, étendu sur des nattes, fumaient leur
houka, dont un serviteur avivait les charbons de
temps à autre. Le colonel paraissait vieilli et fatigué; malgré sa correction un peu froide, il se sentit
les larmes aux yeux en apercevant le vieux savant. Il lui broya la main d'un shake-hand énergique; puis ce furent des explicationt interminables.

Le colonel raconta comment une partie de ses soldats étaient morts d'avoir bu l'eau d'une fontaine
empoisonnée par les émissaires du radjah. Le reste
du détachement — trop peu nombreux, d'ailleurs —
et le colonel lui-même avaient été faits prisonniers
dans une embuscade, écrasés sous le nombre et dis-
persés par les éléphants de guerre. Mais le colonel
était sûr que la plupart des soldats anglais étaient
enfermés dans les prisons souterraines du palais.
Le radjah les réservait sans doute pour faire des
échanges ou attendait d'avoir complètement triom-
phé pour les faire périr. Le colonel, d'ailleurs, et le

sergent Mac Dunlop, qu'on lui avait donné pour
compagnon, étaient traités assez honorablement.
Bien servis et bien nourris, ils avaient, en outre,
la liberté de se promener dans une partie du jardin,
sous la surveillance de cipayes, qui répondaient
des prisonniers sur leur vie.

M. Montbrichard, à son tour, fit un détail exact
de ses pérégrinations. En apprenant les exploits de
Bakaloo et la captivité de miss Emmy, le colonel
fut profondément touché.

— Vous me délivrez d'une lourde inquiétude,
s'écria-t-il. Je suis sûr maintenant que ma chère et
courageuse Emmy ne court aucun danger. Votre
présence m'a rendu tout mon courage, cher Monsieur. Merci de tout ce que vous avez fait pour ma
fille. D'ici peu, je vous le jure, nous irons la délivrer
ensemble.

Quand il fut question de la trahison de Chapman
et des perfides menées de Lyoni, le colonel s'indigna,
mais ne s'étonna pas.

— Je connais Chapman qui est — malheureusement — mon cousin. Sa vie n'est qu'un tissu d'igno-
minies et de forfaits. Mon seul tort a été de ne pas
raconter plus tôt à ma fille tout ce que je sais sur
le compte de ce misérable qui déshonore le titre de
citoyen de la libre Angleterre !

Le colonel s'était fait à lui-même le serment de
tirer du traître une exemplaire vengeance.

— Je préférerais mille fois mieux, dit-il, d'une
boutade bien anglo-saxonne, avoir pour parent le
brave Bakaloo. L'éléphant a, certes, l'âme plus
noble que l'officier.

Quant au sergent Mac Dunlop, il buvait littéra-
lement les paroles de M. Montbrichard qu'il accabla
de questions au sujet de sa chère Kate. En apprenant le chagrin qu'avait la petite Écossaise, il déclara solennellement, si jamais il avait le bonheur de
recouvrer la liberté, de sortir de sa prison...

— Tu en sortiras, mon garçon, répliqua M. Montbrichard, et cela d'ici peu, je te le garantis. Il est
de la dernière inconvenance qu'un professeur,
appointé par le gouvernement de la République

française, reste, ne fût-ce que quarante-huit heures, l'esclave d'un méchant petit radjah, comme ce Khandah-Saïb... Tenez, j'ai déjà une bonne idée.

M. Montbrichard avait tiré de sa poche un flacon qu'il brandissait triomphalement.

— Qu'est-ce que c'est que cela? demanda le colonel.

— C'est du chloroforme, voilà tout. Pendant mon séjour chez les éléphants, je ne sortais guère sans mon chloroforme et ma cocaïne. Heureusement que les Hindous n'ont pas pensé à me fouiller. Avec cela, j'ai de quoi faire tenir tranquille toute une escorte de cipayes.

Le colonel hocha la tête avec tristesse.

— Les cipayes ne sont rien; au besoin, Mac Dunlop les assommerait à coups de poing. Il y a longtemps que j'ai tenté de m'évader; mais vous ignorez que notre prison et le jardin qui l'entoure occupent le sommet d'un rocher abrupt de trois cents pieds de haut, celui même au pied duquel, à ce que vous m'avez expliqué, se trouve installé le camp anglais.

— Comment faire?

— Je n'en sais rien... Une corde à nœuds, c'est impraticable.

— Il y aurait bien un moyen ! mais...

— Dites toujours.

M. Montbrichard réfléchit un instant.

— Vous avez peut-être lu, dit-il, que Drouet, le maître de poste qui devança le roi Louis XVI dans sa fuite à Varennes, s'échappa plus tard d'une citadelle allemande d'une façon assez originale. Il se laissa tomber du haut du fort à l'aide d'un parachute. Comme il n'était pas physicien, il calcula mal la surface de son appareil et se cassa une jambe. Pourtant, son évasion réussit... Vous sentirez-vous la force de tenter l'aventure !

Le colonel se leva plein d'enthousiasme.

— Assurément, s'écria-t-il, puisque je dois être assassiné pour que mon corps soit remis au traître Chapman, pourquoi ne pas tenter cette chance suprême?

Le restant de l'après-midi fut employé aux préparatifs et en calculs. Mac Dunlop, après quelques moments d'hésitation, s'était laissé convaincre par le colonel. Ce dernier était en proie à une grande exaltation. Il attendait impatiemment la tombée de la nuit.

— Pourvu seulement, disait-il, que je n'arrive pas trop tard pour sauver nos soldats. Qui sait? peut-être ont-ils été livrés déjà. Cependant non, sans quoi j'aurais déjà été assassiné.

Au coucher du soleil, le serviteur indigène apporta un karry de poissons, un plat de riz et les autres accessoires d'un dîner hindou. Tous mangèrent de bon appétit. Ils avaient presque terminé, lorsque les roulements d'une fusillade éclatèrent dans la nuit. Puis le son des fifres et des tambours retentit, mêlé au bruit des tambours et des trompettes.

— Mon Dieu ! s'écria le colonel avec désespoir, il est trop tard. La trahison est en train de s'accomplir, on attaque le camp; nos braves soldats vont être surpris et égorgés ! Et je ne serai pas là pour mourir à leur tête !

— Un peu de sang-froid, colonel, répliqua M. Montbrichard. Le moment d'agir est venu; nous arriverons peut-être encore à temps. Le tumulte et la préoccupation du combat vont favoriser notre évasion. Hâtons-nous !

Tout avait été concerté d'avance. Des deux cipayes en faction devant la porte, l'un dormait en plein air sur une natte, l'autre se promenant de long en large. Mac Dunlop, qui était sorti tout doucement, le saisit à la gorge par surprise au moment où il se retournait, et en même temps, le renversa d'un vigoureux croc en jambe. En un clin d'œil, et sans bruit, il fut ficelé et solidement bâillonné. Le second, qui ne s'était même pas réveillé, partagea bientôt le sort de son camarade. On n'avait même pas eu besoin de recourir au chloroforme de M. Montbrichard.

Pendant ce temps le colonel, s'emparant du poignard d'un des cipayes, était allé couper douze longues tiges de bambou dans le jardin. On en forma trois cadres solidement assujettis avec des fibres de rotin, puis on tendit sur chacune de ces carcasses les nattes grossières qui recouvraient le sol de la prison, en ayant soin de ménager au centre de chacune d'elles un trou qui devait servir de cheminée à air et rendre la descente plus verticale. Le colonel, le premier, s'attacha sous les branches de ces parachutes à l'aide de quatre angles, puis il escalada, avec l'aide de ses compagnons, le rempart extérieur, leur donna une dernière poignée de main et sauta bravement dans le vide, au risque d'aller s'aplatir contre les rochers. Il avait eu soin d'emporter avec lui le sabre d'un cipaye; involontairement, il avait fermé les yeux. Quand il les rouvrit, il reconnut, à la lueur des torches et des lampes électriques qui éclairaient la bataille, qu'il était heureusement tombé au milieu d'une compagnie d'highlanders, commandée par le capitaine Sordyce, que serraient de près les cipayes du radjah. Le champ de bataille présentait un spectacle d'une indicible confusion. La trahison de Chapman n'avait qu'à moitié réussi. Les soldats anglais, quoique surpris, se défendaient vigoureusement; les coups de feu sillonnaient la nuit, l'éclair des sabres, rouges de sang, rayait tout à coup les ténèbres. Puis, la lune s'était levée, ce qui était tout à l'avantage des Anglais. C'était un tragique et saisissant tableau que celui de ces masses d'hommes se ruant les uns contre les autres et s'égorgeant dans la pénombre du bois avec mille cris de colère et de désespoir, tandis que tout là-haut, dans le ciel, au sommet du roc, la ville blanche, avec ses coupoles dorées, semblait dormir à côté des nuages.

— Hardi, mes enfants ! s'écria le colonel Printermont, qui s'était promptement débarrassé de son appareil, me voici revenu parmi vous ! En avant !

Au même moment, M. Montbrichard d'abord, puis Mac Dunlop, s'abattaient comme de grosses chauves-souris au milieu des soldats émerveillés. Les Hindous étaient frappés de terreur à la vue de ces génies aériens qui semblaient tomber du haut des nuages pour venir au secours de leurs ennemis.

Les highlanders et l'infanterie montée commençaient à se reformer, lorsque, tout à coup, un cri courut de rang en rang : Tout est perdu ! Sauve qui peut ! le capitaine Chapman ordonne la retraite, il va traiter avec le radjah.

— Que personne ne bouge, s'écria le colonel Printermont d'une voix tellement vibrante qu'elle domina un instant le fracas de la bataille, le capitaine Chapman est un traître ! Courage et sus aux ennemis !

L'effet de ces paroles fut magique. Les Anglais, formés en triangle, reconquirent leurs pièces de canon à la baïonnette, et les Hindous, décimés par les obus, lâchèrent pied et se débandèrent en abandonnant des centaines de morts et de blessés sur le champ de bataille.

Enflammé par ce succès, le colonel fit poursuivre les fuyards jusqu'aux portes de la ville et envoya une compagnie prendre l'ennemi à revers en faisant le tour du rocher de la citadelle.

Nous n'entrerons pas ici dans le détail d'un fait d'armes désormais historique. On sait comment, la même nuit, après un combat de plusieurs heures, le colonel Printermont parvint à se rendre maître d'une des portes de la ville et à s'emparer de l'orgueilleux radjah Khandah-Saïb. Le sergent Mac Dunlop, le premier, planta le drapeau anglais au sommet de la forteresse.

Le premier soin du colonel, après qu'on eut enterré les morts et établi, sous la haute direction de M. Montbrichard, de spacieuses ambulances, fut de faire pendre haut et court le fakir Lyoni qui avait été fait prisonnier au moment de la prise du palais.

Quant au capitaine Chapman qui, pour vouloir user de ruse avec Khandah-Saïb et lui arracher de plus grosses sommes, avait trop retardé l'exécution de son crime, il avait disparu, ainsi que son fils.

On sut que, dès qu'il eut appris l'évasion du colonel, il avait fait charger ses trésors par deux serviteurs de confiance sur le dos d'un éléphant du train d'artillerie et qu'il s'était enfoncé dans la forêt. On n'eut jamais d'autres renseignements sur lui.

CHAPITRE VII

Le colonel Printermont ne s'attarda pas longtemps à Ravaja pour y jouir des fruits de sa victoire. Il laissa dans la citadelle une garnison anglaise sous les ordres du capitaine Fordyce et renforcée des prisonniers de la première expédition, qui avaient été mis immédiatement en liberté.

Le colonel n'avait pas de temps à perdre. Il lui restait deux tâches difficiles à accompiir : arracher miss Emmy au pouvoir des éléphants qui la tenaient captive et secourir le lieutenant Dalcester, dont on n'avait plus de nouvelles depuis longtemps et qui, peut-être bloqué par la seconde armée du radjah, avait déjà succombé aux privations et aux coups de l'ennemi.

— Par où allez-vous commencer? lui demanda M. Montbrichard.

— La conduite que j'ai à tenir m'est toute tracée. Mon devoir n'est pas douteux. Je suis chef d'expédition avant d'être père; je vais tout d'abord aller délivrer le lieutenant Dalcester à Malingou, ou le venger s'il a succombé.

Les préparatifs du départ furent rapidement menés. Trois jours à peine après la prise de Ravaja, l'expédition se remettait de nouveau en marche. Mais elle était à peine aux deux tiers de la route que l'on entendit distinctement la voix sourde du canon et les détonations rapides des carabines à répétition.

Entraînés par le colonel, les soldats anglais firent le reste de la route à marche forcée. Mais, arrivés sur une hauteur qui n'était pas éloignée de la forteresse de plus d'un mille anglais, ils furent forcés de s'arrêter en présence d'un horrible et sublime spectacle, d'un tableau presque inouï.

Au milieu de la plaine, les Anglais formés en carré, résistaient, comme un mur inébranlable, aux assauts d'une immense multitude de cavaliers dont les chevaux venaient se piquer les naseaux et se fendre le poitrail aux inébranlables baïonnettes

anglaises. Les Anglais allaient céder pourtant,
lorsque, du côté de la forêt, un troupeau de peut-
être dix mille éléphants sauvages était accouru
avec la furie soudaine et dévastatrice d'une trombe
ou d'un ras de marée, broyant les arbres sur son
passage, écrasant tout, comme en proie à une ivresse
folle. A leur tête, comme s'il les eût commandés,
s'avançait un éléphant richement caparaçonné.
Dans le haoudah qu'il portait se trouvaient deux
Européens et un indigène.

Sir John saisit précipitamment sa longue vue et
poussa un cri de stupeur. Il venait de reconnaître
miss Emmy, montée sur le dos du fidèle Bakaloo.
Les éléphants se précipitaient sur les Hindous avec
rage, les levant en l'air avec leurs trompes et les
écrasant sous leurs pattes. En quelques minutes, ce
fut une déroute complète. Les dernières troupes du
radjah, broyées par les éléphants sauvages, fusillées
par les troupes de Dalcester et tenues en respect par
celles du colonel, furent complètement exterminées.

On sut plus tard, sans jamais se l'expliquer complètement, par quelle merveille d'instinct et d'habileté Bakaloo avait réussi à faire de ses congénères
les alliés momentanés de l'armée anglaise.

Après la bataille, il fallut faire partir secrètement
miss Emmy et Bakaloo, qu'ils ne voulaient plus
abandonner. Le colonel avait défendu sévèrement
qu'on fît le moindre mal aux braves animaux et ils
retournèrent paisiblement dans leur forêt et dans
leur mystérieuse montagne, régalés du contenu de
deux fourgons de sucre, que le colonel avait fait
décharger à leur intention.

A un mois de là, le mariage de Georges Dalcester
et de miss Emmy était célébré, le même jour que
celui de Kate et Mac Dunlop[1].

1. La Justice divine a donné à chacun selon ses œuvres. Elle a
confondu la haine et l'hypocrisie, elle a distribué la récompense et
le châtiment. Miss Emmy, devenue lady Dalcester est maintenant
encore la plus heureuse des épouses. La droiture, le courage et la
vertu persévérante assurent le bonheur.

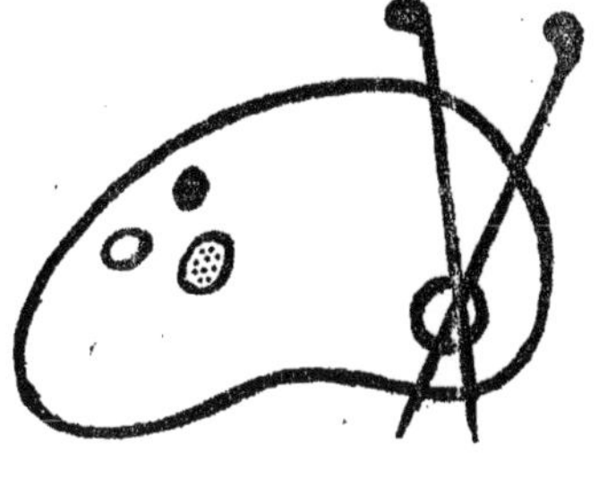

Original en couleur

NF Z 43-120-8